青春阅读　幸得相见

有爱的青春陪伴者

仔细算下来，她与宋时歇相识相知……不过短短几十日。
感觉却像是过了大半辈子。
笑过，哭过，心动过，也心碎过。

Chulian Lai Zi Qiannian Qian

初恋来自千年前

Chulian Lai Zi Qiannian Qian

鹿拾尔 著

贵州出版集团
贵州人民出版社

作者简介

鹿拾尔
LUSHIER

小花阅读签约作者
永远的超级英雄电影狂热粉。
没有故事,但喜欢听故事和写故事。
希望能一直行走在路上,遇见有趣的人,成为有趣的人。
伙伴昵称:612、桃子

已出版:《忆我旧星辰》《听你说你愿意》《扑通扑通的恋爱》《鱼在水里唱着歌》《听我的话吧》《但使洲颜改》《你怎么可以这么甜》《你的小甜心即将上线》《初恋的小鹿怦怦跳》《你看南风吹》

作者前言

在写这个故事之前,我去了两趟湖南省博物馆。

有意思的是,辛追夫人的马王堆汉墓与我要写的那个时期很是相近,里头写道:"汉时认为,人死后的灵魂需依托肉体才能存在,欲得永生,须设法保存遗体。"

正好与我要写的故事不谋而合。

从小到大,我其实看过不少穿越题材的小说,甚至有幻想过,如果我可以穿越到古代的话,去哪个朝代比较好呢?是亲眼见一见秦始皇、汉武帝、武则天,还是与李白、苏轼、李清照交朋友呢?还有就是潘安到底有多帅啊?

最后得出结论,还是现代好。

古代基础设施不完善,没有汽车,没有空调,没有手机,没有Wi-Fi,现代人若是穿越到了那个时期,一定过得很艰难。

我的女主角舒相宜就遭遇了这样的状况,她被迫穿越到了两千多年前,卷入了一场隐秘的变革当中,引出了一系列出乎她意料的事情。

再说点题外话。

在这个故事落入尾声之际,我来到了成都的一家青旅当义工。

在这边认识了很多很多人,心怀导演梦想的弟弟、原创作曲的小哥哥、会跳街舞的配音师、喜欢探寻小众场所的摄影师、走川藏线的向导大哥等各个专业的行业形形色色的人。

青旅就像收费站,你会短暂地停留,心情好的话,会同隔壁车里的人打个招呼寒暄几句,然后去往各自不同的远方。

他们来到这里的目的各不相同。有的人是单纯来旅行的,有的人是专门赶过来艺考的,还有的人抱着某种暧昧的心思。唯一相同的一点是,他们不会回头。

这里有酒也有数不清的故事,我很喜欢当一个倾听者,也很感谢将自己的故事分享给我的你们。

所以,我的下一个故事大概会以青旅为背景。(嗯?怎么好像在打广告?!)

最后,想和在这里认识的每一个小伙伴说一句——
很高兴认识你们。
未来祝好。

桃子

Chulian Lai Zi
Qiannian Qian

第一章	/博物馆里的雕塑居然复活了/	001
第二章	/醒后来到两千年前/	014
第三章	/没钱来喝茶/	029
第四章	/破坏进宫画像/	046
第五章	/再次回到博物馆/	063
第六章	/不告而别去王都/	078
第七章	/这家客栈有问题/	093
第八章	/做好事不留名？/	111
第九章	/你失踪了三日/	130

MULU 目录

Chulian Lai Zi
Qiannian Qian

第十章	/关于"七"的秘密/	149
第十一章	/漂亮的诱饵/	165
第十二章	/相宜,靠一靠我/	182
第十三章	/小豆子的梦想/	195
第十四章	/埋在尘埃里的光/	211
第十五章	/你可愿意同我成亲?/	225
第十六章	/雕塑的真相/	240
第十七章	/等你复来归/	257
番外一	/你笑起来真美/	272
番外二	/记忆中的那个人/	279

第一章

博物馆里的雕塑居然复活了

舒相宜有个习惯，就是随身携带速写本，走到哪儿画到哪儿。

她还有个习惯，画画的时候听音乐。现代科技很优秀的一点在于，通过小小的耳机便能给予她足够的独处空间，让她坦然地沉浸在自己的思绪之中。

轻柔的音乐在她耳底流淌，教人分不清昼夜的偌大展厅里，只能听到铅笔与画纸相触传来的沙沙声。

仿佛时间也随之变慢。

舒相宜是即将步入大二的美术学院学生，正逢暑假。

今天是这家博物馆巡回展览的第一天，据说里面珍藏着一个历史上从未记载过的古国存在过的痕迹。

绥国，它在公元前两百多年出现，短短几十年后又神秘消失，没有人知道它的结局究竟是怎样。

舒相宜对这个国家是否真实存在半信半疑，总觉得这只是个吸引参观者蜂拥而至的噱头罢了。古物的的确确是属于那个时期的，可若多了个神秘古国的背景，便多了一层意义。毕竟，和参观其他同时期的文物相比，参观神秘古国的文物需要花钱买票。

冲着上学期期末老师布置的对各朝各代优秀画作临摹与研究的任务，她排了很长时间的队，慕名而来。

她此刻聚精会神临摹的这幅帛画，记录着这个传闻中的陌生古国消失前的一起事变——

身穿盔甲的士兵们将冰冷的刀刃对准手无寸铁的百姓，悲怆的百姓们簇拥着一个白衣白裳的公子一步都不肯退让，与其形成对峙之势。过于古老的帛画随着时间的流逝，色彩早已褪去，公子的神态更是模糊不清。

舒相宜惊叹古代画工精巧之余，临摹了许久，却始终感受不出被众人所保护的公子究竟是怎样的神情，也猜不透他到底是怎样的身份。

头顶传来轻微的爆裂声，正对着帛画的一颗老旧灯泡不堪重负，结束了它的寿命。

再继续临摹这幅帛画显然有些困难，舒相宜顿住笔，终于察觉到手酸。

与此同时，音乐声戛然而止，手机传来的提示音告诉她电量即将耗尽。左转便是洗手间，她索性搁下速写本，进去洗了把脸。

一走出洗手间，舒相宜便同郁都打了个照面。

馆里冷气很足，他披着薄薄的白色羊绒大衣，正拿着手电筒在巡馆。

他似乎也有些意外，愣了一秒后，他关了手电筒："已经八点多了，姑娘还没走？"

早已过了闭馆的时间，整个博物馆只剩她一个游客。

舒相宜点了下头，觉得有些不好意思，生怕自己给郁都添麻烦："我画完这张就走。"

她不忘礼貌地道谢："多谢您让我留这么久。"

郁都神情缓和下来，他淡笑："是我要多谢你才是。"

郁都是这里的馆长兼讲解员，他看模样不过三十岁出头，白净高瘦，斯斯文文的，说话方式老派而儒雅。他的右腿有旧疾，走路微微有些蹒跚。

下午的时候，两个穿着校服的小孩在展厅里肆无忌惮地追逐打闹。郁都出声阻止他们，他们却笑得更欢，仗着他追不上自己，扭头做鬼脸，嘲笑他是个瘸子。舒相宜本不是多管闲事的人，直到那两个小孩越过红线试图往珍贵的文物上倒水，她才看不过眼，帮着郁都制止了他们。

就是因为这样，她才得以在人潮散去后留下来。

没想到一画便画了三个小时。

郁都淡笑："这里有7个展厅，藏品很多，恐怕姑娘你一时半会儿也画不完。正好晚上我一个人打理不过来，所以打算招聘一个巡馆守夜的人，你若有兴趣，可以直接过来。"

舒相宜委婉拒绝："还是不给您添麻烦了。"

郁都很轻地蹙了下眉，玩笑道："本想给自己减轻点工作量，看来张贴招聘广告的流程省不了了。"

舒相宜笑了笑，没搭话。

郁都也不强求，叮嘱了她几句后便转身离开，舒相宜目送他走去下一个展厅，只听见他边走边摇头喃喃："明天又要请人来换灯泡了……"

郁都离去后，舒相宜翻了翻速写本，觉得自己临摹的这一张足以交差，便将本子和铅笔收入包里，准备离开。

走出帛画展厅穿过长长的走廊，下一间是雕塑展厅，通过雕塑展厅便是三楼出口。

雕塑展厅比起其他展厅要宽敞不少，头顶天花板是一整片透明天窗，展厅的玻璃柜子里陈列着无数个小巧精致的木像，有身骑骏马的士兵、笑容可掬的侍女、各类家禽家畜探头探脑栩栩如生。

泥土塑成的十多具人形大小的雕塑则安置在展厅的各个角落，郁都并没有将它们搁在玻璃罩里,而是简单地用几根红色警戒线围住,仿佛是在期盼着每一个参观者都自觉遵守规则。

白天的时候人太多,舒相宜只走马观花看了个大概,现在才有机会仔细参观。她一个一个看过去,不由得放慢脚步,被各座雕塑脸上的表情所吸引,它们神态各异,有的悲伤绝望,有的平静安详。

正看得入神,身后突然传来小孩清脆的笑声,舒相宜心里"咯噔"一下,飞快地扭过头去,凝神细听,却什么动静都没有。

她暗道自己疑神疑鬼,回过头来,刚才还在身前的那座矮小的小男孩雕塑却突然不见了踪影。

舒相宜呆若木鸡。

本就昏暗的灯光越发暗淡,暗淡到极致后,下一刻忽然光芒大盛,舒相宜被这光刺激得几乎睁不开眼睛。

但这光很快便消散,空气中传来无数爆裂的声音,展厅里的所有灯泡在同一时刻罢了工。

莹白月光自天窗倾洒而下,所有雕塑僵硬的身体渐渐活动起来,原本土色的皮肤变得和真人一般细腻柔软,他们伸懒腰的伸懒腰,打哈欠的打哈欠,仿佛沉睡了数千年后终于苏醒。

舒相宜呆滞地站在原地看着眼前发生的一切,心情从震惊到瞠目结舌，饶是她胆子再大，也无法一下子接受这么大的信息量——

博物馆里的雕塑，居然复活了？

她来不及细想，只见离得近的一个年轻的女子揉着胳膊抱怨道："今天有好几个小孩摸了我！他们是看不到'请勿触摸'这四个字吗？简直不知羞耻！"

不远处的年轻男子跨过红线，走近安抚她："别跟小孩子一般见识了，他们是没见过像你这么好看的美人。"

那女子瞪了他一眼："没见过美人就能上手摸吗？哪有这个道理？还有，别以为我不知道你今天一直在偷瞄人家年轻姑娘！"

男子很委屈："还不是因为她们一直在讨论我长得像什么什么小鲜肉。我只是奇怪咱们都是泥土塑成的，怎么会和肉长得像？"

女子冷哼："我看你不像肉，倒是像根木头！榆木脑袋！"

……

看着他们拌嘴，舒相宜眼角忍不住抽搐了一下。

不远处一个穿着浅色襦裙的小姑娘气冲冲道："气死我了！居然有个姑娘说我的发髻不好看，还说我的裙子款式比不上春秋时期的。笑话，她懂什么，春秋时期的服饰早就老掉牙了，送给我穿我都不要！"

另一个小姑娘搭话："阿翠姐姐，这话我也听见了，她委实太没眼光了些,明明自己身上穿的也没好看到哪儿去。"

阿翠说:"就是,这个年代穿的衣服不是绫罗绸缎,没有暗纹绣花不说,用的布料也极少,一看就不是大户人家!而且她们还整天披头散发的……"

……

舒相宜默然,原来朝代与朝代之间也是存在"鄙视链"的吗……

他们当中终于有人注意到了舒相宜的存在,年老的嬷嬷一把抓住了一个圆脸胖乎乎的小男孩,斥责道:"菜苗,是不是你吓着人家了?"

圆脸小男孩菜苗龇牙咧嘴:"哎哟,嬷嬷,您轻点!她看我们看得那么认真,我就是觉得好笑嘛。"

他挣脱了嬷嬷的手,跑到舒相宜身边,睁大眼睛仰着头奶声奶气地跟她道歉:"姐姐别生气了,我不是故意要笑话你的。"

舒相宜抿了抿嘴唇,有些不知所措。她习惯独来独往,本就不擅长和人打交道,更何况是雕塑。谁能来告诉她一下,怎样和在博物馆复活的雕塑小孩说话?

另一个小男孩也跑过来,害羞地拉住她的裙角:"姐姐别生气,我也不是故意要跑开的,你盯着我看太久了……"

那两个小姑娘也跑过来道歉:"菜苗就是喜欢吓人,姐姐你别理他。"

阿翠道:"姐姐,我来替你教训菜苗,他就是皮痒了欠揍。"

菜苗哼哼唧唧:"姐姐才没你这么粗鲁呢。"

几个人七嘴八舌说得舒相宜头昏脑涨,她不适应地移开眼,却微微一怔。

所有人都停止了说话,女子们纷纷好奇地看着她,成年男子则不太好意思直视她,领头的嬷嬷则一脸慈爱的笑容,他们和善友好的眼神让她渐渐放松。

行吧,作为一个相信有外星人存在的前卫现代人,世界之大无奇不有,她没必要因为电影情节成真而大惊小怪才是。

她定了定神,弯下腰缓声对菜苗说:"我没生气……"

话还没说完,菜苗便欢呼一声,一下子跑远了:"我就知道,我就知道,姐姐不会生我的气的,所有人都喜欢菜苗!"

舒相宜忍俊不禁。

嬷嬷笑骂他:"慢点跑,小心摔了。"

嬷嬷在旁人的搀扶下,走过来对舒相宜歉疚地说:"姑娘勿怪,菜苗虽然皮了些,但心眼不坏……再则,他这么兴奋,是因为已经许久许久没有生人和我们说过话了。"

舒相宜点了下头,若是别的人也曾见过他们复活的场景,恐怕这家博物馆早就上新闻了。

她迟疑了一下，还是忍不住问："你们……是人吗？"

嬷嬷笑了，和蔼地说："我们是绥国人，距今大约两千多年了。"

舒相宜奇道："您已经两千多岁了？"

嬷嬷摇头："人哪能活这么长时间，我们在两千多年前就死了。"

舒相宜一默，嬷嬷似乎并不比她好到哪里去。

顿了顿，嬷嬷微微一笑，眼底并不见悲伤："我们是殉葬之人。"

舒相宜愣住："殉……葬？"

整个展厅热热闹闹的，有的雕塑……不，或许该称之为人。

有的人大剌剌地躺在冰凉的大理石地板上，透过一方天窗静静看着天空；有的人趴在展柜上饶有兴致地观赏那些和他们同一时期的随葬品；有的人大胆地溜去了别的展厅……

舒相宜平静下来，慢慢接受了这个现实，开始思索起来。

"殉葬"这两个字无疑是沉重的。她是知道古代殉葬制度的，皇帝贵族死后，以人殉葬。人殉有自愿和强迫两种，大多是妻妾和随从。可展厅里的男女老少什么年龄段的人都有，看起来更像是家族殉葬。

他们到底是为了谁而殉葬呢？

舒相宜目光四处搜寻，终于察觉到了不对劲的地方——展厅的正中央伫立着一座最为精致的雕塑。

他是青铜铸就的，身披作战铠甲，笨重的头盔虽将容貌遮去大半，只露出微微上扬的唇，但还是看得出是位年轻的公子。随着时间的流逝，周身磨损严重，月光照拂下，越发凸显得他冰冷而孤独。

与其他雕塑不同的是，他毫无苏醒的迹象。

见舒相宜出神，嬷嬷介绍道："他是公子缺。"

"公子缺？"

嬷嬷恭敬地冲那座雕塑行了一个礼，不无遗憾道："绥国君上百里临渊的长子百里缺，我们守护了他两千多年，可他依然没有醒来。"

舒相宜反应过来，语气不自觉上扬："你们便是替他殉葬？"

兴许是觉得舒相宜惊讶的语气过于不尊重，那个浅色襦裙的小姑娘阿翠出声维护："公子缺可是我们绥国的大英雄，不是什么普通人！"

舒相宜怔了怔，虽然她并不理解为什么那个时代的人会对那个令他们早早结束生命的人，一点怨恨也没有，但她还是诚恳地道歉："抱歉，我没有别的意思。"

嬷嬷轻声斥责："阿翠，不知者无罪，不得无礼。"

阿翠也意识到自己太凶，缓了缓语气，解释道："公子缺深明大义，受万人敬仰，他是真正为百姓着想之人。"她脸上带着隐隐自豪，"在我们国家黑色为尊，只有庶人才穿白袍，可公子缺却整日穿着白色衣裳……我们绥国每个人都知道公子缺的名字。"

舒相宜有些明白过来，她回想起先前临摹的那幅帛画，那个被百姓们簇拥着的白衣公子想必就是百里缺。

嬷嬷接过阿翠的话继续道："绥国只是个不起眼的小国，由君上百里临渊一手建立。皇朝一统周边小国，来势汹汹想要吞并我绥国，君上不肯归顺，誓要拼死抵抗。只有公子缺忤逆他，主张投降。公子缺的行为触怒了君上。君上说，若是公子缺肯以身殉天告慰苍生，那么他便同意投降。"

舒相宜听得入了迷，她一方面觉得迷信，另一方面又觉得震撼，对那个年代而言，尊卑有别，为了贵族眼中的卑贱之人牺牲自己的性命，是一件很不容易做到的伟大的事情吧？做出决定的那一刻，他定然心志无比坚定。

她不由自主地望向百里缺的雕塑："那后来呢？他真的以身殉天了？"

嬷嬷点头，表情哀痛："只可惜，公子缺在新婚第二日身死后，君上出尔反尔，不仅将他贬为庶民，还不肯兑现承诺。君上派兵袭击皇朝，视万千百姓生命为无物，可这无疑是以卵击石……公子缺枉死，他白白为我们牺牲性命，依然没能阻止绥国走向覆灭。"

舒相宜怔然，这个结局显然让她无法接受。

嬷嬷叹息："若是投降，皇朝说不定会善待我们。可我们举国反抗，无疑是死路一条，皇朝定容不下我们。"

阿翠翘了翘嘴角，眼底浮现出与年龄不相符的成熟，她轻声道："能陪伴在公子缺身边，死也值得了。"

望着这座百里缺的雕塑，舒相宜忽然想起以前看过的一个童话故事。

《快乐王子》里的王子雕塑，眼睛是蓝宝石做成的，浑身上下贴满了金叶子，他心地善良，有一颗同情心，他让燕子帮忙，将自己的所有都奉献给了穷人，以生命为代价。

他们口中的百里缺选择自我牺牲，无疑也是一个心怀大爱之人。嬷嬷、阿翠、菜苗，想必就是被这样的大爱所感染，所以才无怨无悔吧。

想到这里，舒相宜感慨万千，情不自禁从包里拿出速写本，对着百里缺的雕塑画了起来。通过他们的描述，百里缺的形象渐渐立体起来。

很快，她便将他的轮廓描了出来。几十分钟后，她收起笔，自觉没有描绘出百里缺的万分之一。

身后传来软软的嗓音："姐姐你在干什么呀？"

菜苗探头探脑，盯着舒相宜递过来的画看了好一会儿后，他自然地牵住她的手。他的小手温热，和正常人别无二致。

舒相宜微微一怔，回握住他。

他咧嘴偷笑："姐姐，你是不是也很崇拜公子缺呀？"

舒相宜笑着点头。

菜苗拍拍胸脯，自豪极了："我见过公子缺哦，他和我一样英俊潇洒呢。"

舒相宜摸摸他的头，问道："菜苗，你们是什么时候醒过来的？为什么公子缺没有跟你们一块醒来？"

菜苗挠挠头，一脸迷惑："我也不知道，有意识的时候，我们已经在这里了。我们白天不能动弹，只有晚上能活动几个时辰。"

菜苗瘪了瘪嘴，问舒相宜："姐姐你说，公子缺会醒来吗？我好想和他说说话。"

舒相宜蹲下来平视着他，坚定道："一定会的。"

菜苗到底是小孩子，他的注意力很快转移，跑到远处和几个哥哥姐姐打闹成一团。

舒相宜搁下随身背包，独自走近那座雕塑，仔细端详百里缺。

不经意间，她发现百里缺的雕塑手中似乎紧紧攥着什么，四四方方的，像是令牌之类的东西。

她弯下腰，不由自主地伸手去触摸——

醒后来到两千年前

是夜。

和往常一样,破月镇平静而安详。

酒馆院子里,几个男子在玩投壶。他们用木棍代替箭,将其依次投入壶中,凭数量取胜,输了的自罚一杯。

满脸络腮胡子的大汉一连喝了好几杯,心气不畅,他"啪"的一声把木棍折成两截:"不玩了,不玩了,你们耍诈,肯定是趁我不注意往壶里偷偷塞了几根木棍,不然我怎么可能局局都输,简直阴险至极!"

方脸男子投得手腕酸痛不说,还劈头盖脸遭了一顿骂,顿时不悦:"你自己技艺不精还赖我们不成?"

络腮胡大汉白眼翻上天:"就你那三脚猫水平,不可能一直赢才对。"

"你！"方脸男子气得半晌说不出话来。

坐在另一头的吊梢眼男子阴阳怪气地来了句:"我就说你们玩不来这类高雅的游戏。"

络腮胡大汉眉头一扬:"你说谁玩不来?怎么,宫里贵族能玩,咱们平民百姓就不能玩?"

吊梢眼男子慢条斯理地道:"不是平民百姓不能玩,而是肚量小的人不能玩。"

络腮胡大汉更怒:"你说谁肚量小?"

吵来吵去都没有结果,那络腮胡大汉一拍桌子,扯着嗓子冲屋顶吼:"宋时歇,你给老子过来评评理!"

名唤宋时歇的少年本在闭目养神,闻言,他扯唇一笑,一个翻身利落地从屋顶跃下来。

他捡起散落在地上的木棍,自如地坐在他们当中。

他伸手准确地将手中木棍投掷到了不远处的壶里,嘴角一挑,话语含笑:"我说,你们动静小些,莫要将刘大娘酒馆里的食客吓跑了。"

络腮胡大汉忙不迭问:"小宋,你坐得高看得清楚,你说说看,是不是他们两个暗地里使小动作?"

不等他说完,方脸男子便插话道:"哪有这样的,输了就是输了,输了还抵赖算怎么回事?"

络腮胡大汉大声嚷嚷:"谁抵赖了,你别血口喷人!"

吊梢眼男子笑了笑:"到底是谁在血口喷人啊?"

宋时歇垂眼笑了笑,正要说话,酒馆外忽然传来一阵喧哗之声,其中夹杂着几句怒吼:

"郭五,你给老子滚出来!"

"郭五,欠债还钱天经地义!别当缩头乌龟!"

"若是真还不上,把你一条手臂留下也行,哈哈哈!"

……

宋时歇闻言眉头皱了皱,扭头注视着络腮胡大汉:"郭五哥,你又去赌钱了?"

络腮胡大汉郭五涨红了脸,顿时声若蚊蚋:"还不是我家媳妇的老娘病了,家里凑不齐药钱,我这才……没想到手气这么不好。"

方脸男子恨铁不成钢:"那你就去赌钱?赌馆里的打手都是些不要命的人,你这是自己往火坑里跳啊。"

吊梢眼男子道:"家里有麻烦怎么不跟兄弟几个说,不就是买药钱吗,我借你便是。"

郭五心虚:"那多不好意思……"

其余食客为了不惹麻烦上身,顿时散了个精光。

宋时歇将郭五往侧门一推:"你们几个赶快走。"

郭五满脸担忧:"那你……"

宋时歇挑眉笑了笑:"他们奈何不了我,而且总要有人拖延时间。"

方脸男子也推着郭五往外走:"赶紧走,赶紧走,咱们几个凑点钱,赶紧把欠下的债还了,免得他们再找你麻烦。"

郭五愣了愣,知道宋时歇身手不差,不会让自己吃亏,遂满脸感激地拍拍宋时歇的肩膀:"好小子,讲义气!"

那伙人不一会儿就冲了进来,只见宋时歇独自一人坐在院子中央擦拭方才那尊投壶,他姿态潇洒从容,好似根本没将他们放在眼里。

领头那个四处张望,凶巴巴地问:"郭五那龟孙子呢?"

宋时歇困惑地皱了下眉:"郭五?让我想想……"

半晌,他恍然:"哦,他半个时辰前就走了。"

"走了?去哪儿了?"

宋时歇斜睨了他们一眼,面上仍然笑吟吟:"不知道。"

见那伙人还是不肯走,他补充:"你们不如下次再来?"

混赌馆的都是些泼皮无赖,蛮不讲理惯了,见郭五果真不在,领头那个咬了咬牙:"既然郭五常来这家酒馆,那咱们便将这里砸了,再把贵重的东西给抢了,用来抵债,看他还敢不敢欠钱不还。"

说着,他便操起一把木椅作势要砸,躲在远处的店家刘大娘心疼地呼喊了一声,却不敢过来阻拦。

宋时歇眸光渐冷,他垂下眉眼,自投壶里抓出一把红豆把玩,漫不经心地笑:"依在下看,诸位还是莫要牵连无辜为好。"

"关你屁事——"

话音未落,说话那人的后背忽然被什么东西抵住,身后传来宋时歇极淡的声音:"想在这里惹事,也要问问我的剑答不答应。"

他吓得一身冷汗,飞快地扭过头去,求饶的话犹在嗓子眼里,瞬间恼羞成怒:"小子,什么剑,不就是一根破棍子吗?"

宋时歇不以为然地笑了笑,并不打算使用腰间的佩剑:"哦,那便问问我的木棍答不答应。"

……

虽说是根随手拾捡的木棍,但在宋时歇手中,被使得花样百般。他淡淡地提醒与他对战的人:"小心身后。"

那人以为身后来了宋时歇的帮手,于是顺势扭头,肩膀却一痛。

"哦,抱歉,骗你的。"

……

"小心脚下。"

那人偏不低头,还以为宋时歇说反话,于是高高昂起头看着天上,只是下一瞬间他便"哎哟"一声,脚下一滑,摔了个四脚朝天。

宋时歇扑哧笑出声,语气毫无歉疚之意:"抱歉,不小心将红豆弄撒了。"

外面又传来一阵喧哗声,几个捕快闻讯信冲了进来,呵斥道:"闹什么闹?"

那些泼皮无赖见官兵来了,更是奋力抵抗,拿着木椅狠命砸过去。

宋时歇反倒微微松了口气,他也不恋战,正要离开,眼风一扫,忽然瞧见酒馆院子角落里站着一个姑娘。那姑娘面生得紧,看样子并不是馆里的客人,也不是破月镇的人,不知道是什么时候出现的。

她穿着样式古怪不知道是什么材质的绿色裙子,锁骨和半截小腿裸露在空气中。她脸色微微发白,惊魂未定,动也不动,似乎是被眼前的场景吓傻了。

眼看她就要被不长眼的木头碎屑误伤,宋时歇抓住她的手腕,轻轻一带就将她搂入怀里。他叹息一声,皱着眉头轻笑:"唔,小姑娘你不要命了?"

她很轻,身材纤瘦,不像镇子里的姑娘个个身强体壮,杀鸡宰牛也不在话下,且肌肤柔软,一副弱不禁风的样子。

他将她带到了一处早已荒废的宅子里,确认不会有人追过来才停下。

他一松手,她便瘫软在地上,未束的墨色长发披散在肩头。

他眉梢一挑,正要说话,目光便落到了她的小腿上,白皙而纤细。顿了顿,他移开眼,将外衣脱下来盖在她身上。

那姑娘低垂着头,一点反应也没有。

他索性撩起衣袍在她身旁席地而坐,一点也不怕自己一身白衣会弄脏。

他没有好奇她的身份,也没有盘问她的意思,而是极自然地开口:"哎,小姑娘,我好心救了你一命,连声谢谢也不说?"

她还是一动不动。

宋时歇思忖了一会儿,眼睛微微眯起,手指在膝盖上叩击,生起了开玩笑的心思:"我们这儿的规矩是,救命之恩当以百金相报。"

她依然沉默不语。

他叹:"可惜,看姑娘并不像有钱之人,白白救你一命,什么好处都没有,那我岂不是很吃亏?"

一停,他偏头笑看着她:"既然你无以为报,而我又尚未娶妻,不如你嫁给我,做我的小媳妇,如何?"

她肩膀一僵,终于有了反应。

不是害羞也不是欣喜,她猛地抬起头对他怒目而视,话语因为她从未与人说过重话而显得软绵绵的:"你做梦!"

宋时歇微微一怔,并未生气,只觉眼前的她像一只炸毛的猫。

他翘了翘嘴角，嗓音让人如沐春风："宋时歇。"

她有些蒙，依然警惕地看着他："什……么？"

他重复："宋时歇。"

他浅褐色的眼眸里带着戏谑的笑："我的名字。"

她忍不住气恼，谁想知道他的名字啊。

他乘人之危敲竹杠，张口便是玩笑话，简直不正经到了极点。

她长长舒出了一口气，不再理会他，终于从极度的眩晕和震惊中缓过神来。

前一刻她明明还在博物馆里，怎么这一秒却到了这个无比陌生的地方？还遇见了莫名其妙的人，陷入了一场莫名其妙的打打杀杀，稍有不慎就可能将命弄丢。

舒相宜暗暗掐了自己一把，还是不敢完全相信这是真的。她不过就是碰了下百里缺雕塑手心紧握着的东西罢了，甚至连那东西是什么都没看清楚。

宋时歇饶有兴致地看着脸色变幻莫测的舒相宜，只见她忽然扭过头，满眼希冀地问："这是哪里？"

宋时歇静静地看着她的眼睛，答："破月镇。"

"不是……"

舒相宜有些焦急，一下子不知道该如何表达。问他这是什么朝代？他恐怕听不懂。问他现在是哪一年？她历史不太好，又不知道他们计算年份的方式是不是和现代一样。

"绥国。"宋时歇似乎看穿她的窘迫。

"这里是绥国，若是你想问这里是哪个国家的话。"他意有所指，"看姑娘的打扮，并不是我绥国人。"

舒相宜呆住，脑海里走马观花般掠过无数博物馆里的对话。

果不其然，这里果然是百里缺生长生活的地方，她居然来到了那些雕塑生活的时期。

她活了19年，头一次在心里咒骂了一长串的脏话。

"宋时歇！"

门外传来一声怒喝。

宋时歇站起身，表情有些无奈："你怎么找来了？"

门应声落地，花欲语双手叉腰大步跨了进来，漂亮的眉头拧成一团："宋时歇，我就知道你躲在这里！每次惹了麻烦你都躲这儿！"

"……"

舒相宜的目光落在不远处的两人身上，她揉了揉太阳穴，思绪却有些飘离。

穿越，她一直觉得这个词太过虚无缥缈，离她挺遥远的。直到意外接二连三，她亲眼看到了2000年前的雕塑复活，再到此时此刻来到2000年前——

她能听到破旧木窗在风中"嘎吱"摇晃的声音，能触到坚硬冰凉的土地，能闻到空气中陈旧的灰尘味，盖在身上的素色外衣因为多次清洗而微微泛白，带着很淡的皂角水的味道。

不远处，容貌艳丽的女子拉扯着宋时歌，还在与他争执，一切都太过真实。

震撼褪去，涌上心头的是无尽的懊恼。

她看过不少穿越题材的小说和电视剧，无数女主角千方百计想要穿越到某个年代，与历史中的某个伟大人物来一场惊心动魄的爱恋。

可是……穿越之前能不能先问一问她的意见啊？

她在现代生活得好好的，用惯了智能设备，依赖空调、手机，每天必须去街角麦当劳买一个冰激凌甜筒。最重要的是，她期待了好几个月，明天终于要上映的那部电影还没来得及去看……

她并不想穿越到落后的2000年前啊。

"对了，刘大娘酒馆里不少东西被砸坏了。"

"我来赔。"

"你赔？你哪有钱赔？要赔也是郭五他们几个赔。"

花欲语轻嗤了一声，语气放软："算你运气好，还好爹爹的人到得及时，将闹事的人通通抓了起来，这笔账自然要算在闹事的人头上的。"

花欲语的爹是破月镇的捕快头头，为人爽朗正直，为破月镇做了不少贡献，也替宋时歇收拾过不少烂摊子。

她又开始唠叨："你呀，别再跟郭五那群人混了，他们自己没本事整天花天酒地就算了，还要连累你。"

宋时歇不与她争辩："知道了，知道了。"

"你别敷衍我，前几天我爹给你找的活，你怎么不去干？还有……"花欲语无意间往宋时歇身后一瞥，这才注意到呆坐在地上的舒相宜，她垂头丧气，长发披散，身上还盖着宋时歇的衣服……

花欲语瞪圆了眼睛，嘴唇抖了抖，呼吸骤然变得急促。

"我说你怎么这么晚还不回家！"她怒不可遏抬起手就开始揍宋时歇，边揍边骂，"你这个……你这个登徒子！居然敢轻薄人家姑娘！"

宋时歇连连后退，忍不住扶额叹气："我说，你能不能了解清楚情况再动手？"

"了解清楚情况？我了解得还不够多吗？"

花欲语不再理会宋时歇，走过去将舒相宜扶了起来，生怕她想不开，安慰道："姑娘你放心，我一定会替你讨回公道的，我们破月镇绝对不允许这样的事情发生……"

头晕未消，舒相宜蒙了一会儿，才反应过来花欲语误会了什么，她赶忙解释："不是，你可能是误会了，我和他没什么。"

花欲语眼眶有些红，表情却很认真："姑娘你放心，我一定不会将事情传出去的，他既然做了错事，就应该受到惩罚……"

这都哪跟哪啊。舒相宜眼角抽搐了一下，她打断花欲语："是他救了我。"

花欲语愣了愣，脸色渐渐好转。她瞥了眼双手抱胸似笑非笑站在一旁的宋时歇，轻咳了一声，才道："若是他真做出这种事我非揍他一顿，将他赶出破月镇不可。"

宋时歇神情轻松："祝你早日得偿所愿。"

花欲语恶狠狠地白了他一眼，嘴角却忍不住上扬，心中一块大石终于落地。

听宋时歇简单描述了事情经过后，花欲语奇道："姑娘你不是绥国人？"

从历史的角度来说，她现在所踩的这片土地在2000年后的的确确属于自己所在的国家，但就目前的情况而言……

舒相宜摇头："不是。"

花欲语推测："你是皇朝人？"

舒相宜继续摇头。

花欲语噼里啪啦说个不停:"我姓花,名欲语,镇子里的人都唤我一声阿语,姑娘你叫什么名字?"

宋时歇笑吟吟搭话:"唔,花欲语,可谓名不副实。"

花欲语毫不犹豫地踢向宋时歇,却踢了个空。

舒相宜说:"我叫舒相宜,淡妆浓抹总相宜的那个相宜。"

花欲语由衷地赞叹:"淡妆浓抹总相宜?这是你自己作的诗词吗?真好听。"

舒相宜尴尬,忘了这个年代苏轼还没出生,只好勉强笑了笑,硬着头皮承认:"嗯……算是吧。"

宋时歇瞥了舒相宜一眼。

花欲语惊叹:"你真厉害!"

花欲语继续问:"既然你不知道这里是什么地方,那怎么会来这里?"

舒相宜不会说谎,索性沉默了。

花欲语兀自猜测:"你失去记忆了?"她越猜越离谱,"又或者,你是被人绑架来的,好不容易才脱身而出?你不肯说是怕我们将你抓回去,是不是?"

舒相宜:"……"

宋时歇抬步往外走,有意无意地帮舒相宜解了围:"时间不早了,我困了,先走了。"

花欲语一拍脑袋,想起家里还有门禁,每天到点就锁门,她顾不得再追问,不由分说地挽住了舒相宜的手臂,热情地拉着舒相宜一块往外走:"这样吧,你暂时住在我家。我姐姐上个月出嫁了,你可以睡在她的房间里。"

舒相宜面对花欲语的热情直爽有些手足无措,习惯了独处的她下意识地拒绝:"会不会不方便?"

"不会不方便的,我爹娘巴不得我交一个同龄的朋友。"她笑容灿烂,"我家不是什么大户人家,你不要嫌弃才好。"

舒相宜想着自己无处可去,便点了点头:"那谢谢你了。"

"不用跟我客气。"

花欲语从小便跟着爹爹舞刀弄枪,翻个墙自然是小意思。

花欲语大大咧咧地率先翻了进去,只留舒相宜默默仰头看着一人高的围墙发呆。她从小在城市长大,连树都没爬过,怎么可能翻过墙?

身旁传来一声轻笑,宋时歇戏谑地看着她:"需要帮忙?"

舒相宜警惕地看他一眼,生硬地说:"不用。"

她踩住一块垫脚石,一只手费力地去够围墙压顶,艰难地往上爬,无奈脚一滑,险些摔倒。她丝毫不气馁,拍掉掌心的泥土,换了个姿势继续使劲。

宋时歇在她身后抱胸闲闲看了一会儿，见她真打算靠自己，遂转身离去，还不忘留下一句："我就住隔壁，有事叫我便是。"

舒相宜不理会他，凭着一股毅力踩着凹凸不平的墙壁往上爬。几分钟后，她跨坐在围墙上长舒了一口气，扭头看看，宋时歇果然不见了人影。

头一回爬墙就能取得如此成绩，舒相宜很满意。

她正打算想办法下去，身下瓦块松动，再加上她气力用尽，身子不稳往一边倒了下去。眼看就要摔到地上，情急之下她闭上眼睛脱口而出："宋时歇！"

就在她以为自己要完蛋的时候，她径直跌入了他的怀里，皂角的香味扑鼻而来。

他在笑："承认自己需要帮助很难吗？"

安稳地落地后，舒相宜闷闷推开他："多谢……"

说完她便往里走，走了几步，她忍不住回过头去看，他早不见了人影。

第三章

没钱来喝茶

次日清晨。

舒相宜睁开眼瞪着房梁看了会儿,她揉揉眼睛,不是司空见惯的天花板。

然后,她又掐了自己一把,很不好,不是梦。

她并未立即起身,而是躺在床上发了一阵呆。

这里的枕头太硬,她睡不惯,睡到中途索性把它挪开,这么一番折腾下来她脖子又酸又痛。

这里没有电也没有热水器,她洗不惯冷水澡,昨夜是花欲语帮她烧的水,一锅水根本不够她洗澡,她只能摸着黑简单洗漱了一番。

唯一值得高兴的一点是,2000年前的地球还没有温室效应,这时虽然也是夏天,温度却不是很高,不扇扇子也能勉强熬过去。

想起花欲语每天要去衙门帮忙，昨晚还特意叮嘱了舒相宜去外面走一走，散散心，不必等她。

舒相宜叹口气，终于起床，笨手笨脚穿好花欲语借给她的衣裳，然后艰难地面对现实。

一想到自己若是回不去了，每天要过这样的生活，她就眼前一黑。

破月镇是个小镇子，这里街坊邻居相互照应，民风淳朴，不像现代社会中人与人之间存在距离感，凡事都习惯靠自己解决。谁家杀了猪宰了牛都拿出来分享，哪家办丧事喜事大伙都会来帮忙，镇里有什么好消息坏消息一会儿工夫就传开了，来了外人也不例外。

舒相宜一踏出门便看见不少穿着粗布短衣的百姓，他们自然友善地和她打招呼：

"是舒姑娘吧？阿语都告诉我们了，她要卯时才会回来，不如你今天来我家吃午饭吧？"

"现在这么早，说什么吃午饭？舒姑娘你别理她，你吃早点了吗？我正好多买了两个包子。"

"舒姑娘别客气，把咱们破月镇当自己家就行。"

……

舒相宜愣了愣，冲他们笑了笑。虽然不知道花欲语是怎样和他们介绍自己的，但他们无疑是一群善良朴实的人。

街头巷尾不少摊贩们张罗着卖早点,每家每户的男人们早已出去务农,女人们则在拐角的河边洗衣服,欢声笑语传得很远。

走着走着,她不知不觉来到了昨天那家酒馆。

刚踏入正门,她一眼便看到宋时歌在里面。他穿着白衣白裳,袖子捋起,正和几个男子将新的桌椅往里面搬。

其中一个满脸络腮胡子的大汉嘟囔着:"这次购入的桌椅质量极好,定不会轻易被砸毁。"

宋时歌瞥他一眼,眼尾含笑:"郭五哥,还是不要有下次为好。"

郭五讪笑:"你放心,债都还清了,他们不会再来找麻烦了。"

一个头发花白佝偻着背的妇人走到他们的身后,手里拿着抹布想要帮忙。

宋时歌却弯下腰接过妇人手里的抹布,眉眼间无比温柔:"刘大娘,您先去歇息吧,这里有我们。"

刘大娘对宋时歌感激道:"真是麻烦你们了。"

郭五大笑,接过话头:"大娘,咱们平时受您照顾也不少,这都是应该的,再说这麻烦还是我惹出来的,您莫要生我的气才是……"

宋时歌不再言语,拿起锤子,低头专心地将摇摇欲坠但还未散架的椅子钉牢固。

舒相宜从未见过宋时歌这样的人,能拾起武器对敌,也能拿起抹布善后。毫无疑问,他模样很好看,年龄不大却气质出众。若是忽视周围破旧的环境,说他可能是身份尊贵的人也不为过,可实际上他却是一个再普通不过的人。

她有些不明白,他这样的人为什么要留在小小的破月镇?

宋时歇似有所觉,转过头来,正好瞧见站在门口的舒相宜,舒相宜不躲不避,直直注视着他。

他静默地看了她一会儿,挑了下眉头:"你就打算看着?"

舒相宜不与他争辩,走过来拿起扫帚开始扫地。

郭五瞅了瞅宋时歇,又瞅了瞅舒相宜,声音不自觉地压低:"你认识她?"

她的举动同样让宋时歇有些意外,本以为她会是个十指不沾阳春水的人。

他笑道:"认识。"

郭五不是没见过宋时歇身后跟着漂亮小姑娘,但宋时歇这人吧,待谁都一样,不冷不热、进退有度,时间久了人家的热情也就褪去了。他还从未从宋时歇脸上看过这样的表情,八卦心顿起:"她是谁?你不是天天和我们待一块吗,什么时候认识的?花欲语那丫头知道吗?"

一连串的问题听得宋时歇眉头皱起。

郭五兴致勃勃地凑近他："说说看，做大哥的替你分析分析。你都二十好几了，一直独身一人，是该考虑考虑自己的终身大事了。"

宋时歇淡笑："现在不是时候。"

"郭五哥知道你不想考虑这些，"郭五拍拍宋时歇的肩膀，"但现在3年时间也快到了……"

宋时歇正色："郭五哥，嫂子还不知道你出入烟花之地的事吧？"

郭五脸红一阵白一阵："你……你是怎么知道的？"

"是谁告诉你的，我非把他腿打断不可！"顾不上八卦，郭五赶紧解释，"哎，小宋啊，大哥我就是一时糊涂，你可千万别告诉你嫂子啊。"

……

将酒馆打扫干净后，几个人都累得不行。

刘大娘送了两壶酒给他们，郭五掀开便喝，很快一壶酒就见底了。他咂咂嘴，用袖子拂去沾在胡子上的酒渍，摸摸肚皮，困意上头。

舒相宜没有休息的意思，而是蹲在昨夜她出现的位置仔细查看，还上脚踩了踩。她琢磨来琢磨去都觉得这不过是一块再平凡不过的土地，并不是什么可以穿越时空的隧道。

她灰心丧气，真不明白自己为什么会出现在这里，也不知道如何才能回去。

下个月就要开学了，她可不想缺课。而且，她已经大半个月没有和远在家乡的父母打过电话了,也不知道他们知不知道自己失踪了……

想离开这里的念头怎么也驱散不了。

宋时歇将舒相宜刚才的动作尽收眼底,他起身走过去停在她身后,忽然道:"长愿街新开了一间茶楼,主人邀了几个歌舞姬来表演助兴。"

舒相宜无精打采地扭过头,不知道他是什么意思。

他冲她眨眨眼睛:"想不想去看看?"

虽然并不能完全信任他,但毫无疑问,宋时歇是她在绥国最熟的人。

与其说是想听曲子,不如说是想散散心。

随着太阳渐渐升高,街道上渐渐热闹起来。虽然这个时期重农抑商,但街上依然开着不少商铺。各色布匹晾挂在竹竿上,卖早点的凉棚里飘来阵阵香气,还有不少小贩挑着装满精致小物件的货担在沿街吆喝售卖。

舒相宜好奇地看着这一切,步子越来越慢,宋时歇也渐渐地放缓了脚步。

不远处不知道在卖什么,香气扑鼻,成功地勾起了她的食欲。她自来到这里后,还没有吃过东西,肚子里空荡荡的。

她停在了摊贩面前。

那中年男人看出舒相宜的犹豫,拿出一个热气腾腾的饼递到舒相宜面前,笑呵呵道:"姑娘要不要尝一个?"

舒相宜为难，她身无分文。

身旁传来宋时歇似笑非笑的声音："想买？"

废话。

舒相宜不想让他帮忙，坚定地别开眼："不想。"

他颔首，坦坦荡荡道："唔，那便好，我可没带钱。"

舒相宜咬牙："我本来就没想吃。"

茶楼里人头攒动，不少人认出宋时歇，熟稔地同他打招呼寒暄，还有几个年轻的姑娘招呼他一块坐，他在破月镇似乎很受欢迎。

宋时歇一一婉拒了她们的好意，找了张空桌子坐下，见舒相宜呆站在不远处，他不由得挑眉："还不过来坐？"

于是她在众人好奇的目光中坐下，只觉如坐针毡。

很快便有人送上糕点和茶。

舒相宜忍不住小声怼他："没带钱还来喝茶？"

他答得很坦然："开业第一日，全场免费。"

舒相宜一噎。

他端起茶盏抿了一口，拿眼瞥她："不然你以为我为什么来？"

蹭吃蹭喝还这么理直气壮，舒相宜顿时无言以对。

听着陌生的歌谣，几块糕点下肚，舒相宜焦躁不安的内心渐渐平静下来。

既来之则安之，多想无益。她索性认真观赏歌舞，不时跟着周围人一起鼓掌。

一曲毕，店小二又送上两碗白开水和两盏新茶。

舒相宜不疑有他，径直喝了一口白开水。

宋时歇微微愣怔，打量了她一阵后，抿唇一笑。

见她兴致勃勃，宋时歇开口问："你的家乡和这里不同？"

舒相宜不懂他何出此问。

宋时歇指了指她的衣服，低声提醒："这是右衽，你穿错了。"

舒相宜脸一热，宽袍大袖的，大热天还左一件右一件，她能穿上就不错了。于是，她嘴上固执道："我就喜欢这么穿。"

宋时歇轻笑一声，移开了眼。

舒相宜赶紧侧头观察周围人的穿衣方式，却见旁边桌有人古怪地看着她，另一人则端起刚送上来的白开水漱了口，重新吐在碗里，这才端起新茶品尝。

想起刚才自己的举动，她窘迫地收回目光，根本没想到喝个茶都要这么讲究。

她回过头却见宋时歇也端起那碗白开水，坦然地将其一饮而尽。

她一愣。

"你昨夜所穿是你家乡的特色服饰?"

舒相宜怔了怔,想起自己的绿色连衣裙,心不在焉地点头:"差不多吧。"

那样的服饰对于这个时代而言太过大胆,本以为宋时歇会觉得伤风败俗,毕竟花欲语在看到她的衣服后吓了一跳,千叮咛万嘱咐让她千万不要再穿了。

没想到他只是翘了翘嘴角,眼尾带笑:"很美。"

舒相宜注视着他的眼睛,心跳倏地漏跳了一拍。

看着杯子里的茶叶缓缓沉淀,舒相宜并未立即喝,而是琢磨了一阵后扭头打听:"你知道百里缺吗?"

宋时歇眉梢一动:"你是说公子缺?"

舒相宜点头:"你知道他在哪里吗?"

宋时歇神情有些微妙,并未直接回复她,而是若有所思地反问:"你好端端的,问他做什么?"

"可有办法见到他?"

他神情越发微妙:"你想见他?"

舒相宜刚要点头,却蓦地心头一紧。

等一下⋯⋯

她抬眼仔细打量宋时歇,昨夜再加上今天,他一直穿着白衣,阿翠提过一句,百里缺喜欢穿白衣……按一般套路,宋时歇可能是他的假名,他其实就是百里缺本人吧?

不会这么狗血吧?

宋时歇不紧不慢地抿了口茶,低垂着眼睫不知道在想什么:"公子缺自然在王都,想要见他可不容易。"

舒相宜还是狐疑:"他真在王都?"

宋时歇好笑:"身为君上的长子,每日都要上朝,他不在王都那该在哪里?"

舒相宜松了口气,居然有些遗憾。

也是,宋时歇是土生土长的破月镇人,怎么可能是百里缺,哪有那么多巧合的事啊。

"那……王都离这里远不远?"

"远倒是不远——"

舒相宜眼睛微微一亮。

宋时歇凝神思索了一阵:"若是快马加鞭,也就五六天吧。"

舒相宜:"……"

她恍了恍神,有些明白了。此时此刻,博物馆嬷嬷告诉她的那段历史并未发生。绥国和皇朝的纷争，百里临渊和百里缺的纷争，都还没有到来。

可她却心知肚明，不久之后，欣欣向荣的绥国便要走向灭亡了。

茶喝完了，糕点也吃完了，歌舞也看完了，宋时歇起身便往外走。

本以为他是诓她，没想到真是白吃白喝。舒相宜有些不放心："真不用结账？"

"放心，"他眉眼含笑，调侃道，"若是想吃霸王餐，我会直接将你留下抵账的。"

舒相宜瞪他一眼。

"说起来，无数名士想要拜入他门下，成为他的幕僚，"宋时歇斜看她一眼，"你为何也要找他？"

"传闻他很厉害，我只是想亲眼看看他长什么样子罢了。"

他挑眉说："巧了，正好我……"

宋时歇一顿，不知道看到了什么，突然眉头一皱。

他快步迈出去，飞快伸出手从熙熙攘攘的人群中揪住了一个身材瘦小的男童。那男童灰头土脸的，只有一双眼睛很亮，滴溜溜到处乱转。

那男童拼命挣扎："哎，你放开我！放开我！"

宋时歇轻轻松松地便将他怀里的钱袋拿了出来，长眉一挑："这是谁的？"

那男童避开他的目光，辩驳道："这是……这是人家给我的！你还给我！"

"哦，谁给你的？说来听听？"

"就是……就是……"男童目光躲闪，"哎呀，我忘记了！反正就是人家给我的！"

"既然忘了，就归我了。"

"哎，时歇哥！"男童愁眉苦脸，"我错了，我错了还不行嘛。"

宋时歇把钱袋重新塞到他手里："去还给人家。"

男童一脸不情愿："他们这么有钱，不差这么一点。再说了，我总要吃饭呀，我都要饿死了……"

宋时歇一贯带笑的脸色冷了冷："小豆子。"

"行行行。"小豆子一个激灵，听出宋时歇话语中的威胁，他显然知道惹恼了宋时歇会是什么下场，点头如捣蒜，"我这就去还，我这就去还！"

小豆子一步三回头，在宋时歇的注视下硬着头皮追上前去。

他拦在两个身穿绫罗绸缎的富家子弟面前，将手一伸，心不甘情不愿地说："喂，你们的钱袋掉地上了，被我捡到了。"

那两个富家子弟对视一眼，一声招呼，身边便有随从一把拉住小豆子的手腕，其中一个个头稍高的富家子弟冷笑："掉地上了，还是被你偷了?"

小豆子梗着脖子："你胡说八道！"

"上次我的钱袋就是你偷的，这次又是想玩哪招？"

"我没有！"

"还敢狡辩，快把上次偷的还回来，不然抓你去见官！"

小豆子动弹不得，求助般地看向身后的宋时歇。

另一个个头矮些的富家子弟顺着他的目光看见了宋时歇，顿时反应过来："哟，这不是大名鼎鼎的宋时歇吗？"他冲那个高个子少爷耳语，"上次就是他，把我纳第八房小妾的事搅黄了。"

宋时歇不卑不亢地淡笑："那姑娘明显不愿意，公子霸王硬上弓，怎么能算是纳妾？"

矮个子少爷明显忌惮他，兀自嘀咕："要你多管闲事。"

高个子少爷反应过来，恶意满满地推测道："不会是宋时歇公子指使这小子小偷小摸的吧？"

宋时歇还未说话，小豆子便啐了一口口水到那人身上："呸！不许你侮辱时歇哥！"

"你！"

高个子少爷恼羞成怒，扬起手打了小豆子一巴掌："看你这样就知道你们都不是什么好东西！"

小豆子脸上登时浮现出一个硕大的巴掌印，他喘着粗气："钱是我拿的，不关时歇哥的事！"

宋时歇一把拦住那高个子少爷，手指间用了些力道，笑容也淡了淡："公子打也打了，气也该消了，接下来我自然会替公子教训他一顿。"

心知自己的人打不过他，高个子少爷冷哼一声，命人放了小豆子。小豆子这才后怕，舒相宜赶紧拉住他的手护在他身前。她头一次经历在大街上吵架，难免紧张。

高个子少爷不肯轻易罢休，想要故意挑衅宋时歇："手脚这么不干净的人，你还是莫要留在身边为好，免得变得像你那个疯子爹一样，自称什么绥国开国将领，还疯疯癫癫地闯到别人家里去，遇见个人就叫人家娘子。"

宋时歇一静。

矮个子少爷扑哧一笑，一唱一和地补充道："还有他那个傻子娘，前几年死了吧？若没人施舍，根本不可能活这么久，一个疯子一个傻子，倒是绝配。"

舒相宜心里"咯噔"一下，下意识地去看宋时歇，这些侮辱人的话落到谁耳朵里都不好受。

宋时歇还未说话，小豆子便被惹怒了，他气得直跳脚："你们给我住口！不许说时歇哥哥爹娘的坏话！"

宋时歇扫了小豆子一眼，示意他噤声。

高个子少爷满脸鄙夷。

宋时歇并未气恼，而是付之一笑，并未将他们的话放在心上，温声道："诸位放心，我一定好好教育他。"

见宋时歇并不辩驳，乖乖认了栽，他们终于心满意足，嬉嬉笑笑地走远了："疯子和傻子的儿子，能有出息到哪里去，这辈子也就这样了。"

……

待他们走远后，宋时歇一把揪住小豆子的耳朵，心平气和道："下次还偷不偷东西了？"

小豆子倒是心思通透得紧，知道是由于自己的缘故，宋时歇才平白无故受了侮辱，遂低着头老老实实道："时歇哥，我保证，再也不偷东西了！"

宋时歇松了手，状似自言自语："嗯，只要不偷东西，别的都好说。"

小豆子一愣，抬眼偷偷打量宋时歇的表情。

宋时歇笑了，拍拍他的脑袋："看我干什么？你都这么大人了，我可管不住你。"

小豆子咧嘴笑了笑，一溜烟跑远了。

舒相宜瞅他一眼，忍不住问："这么轻描淡写，这就是你口中的好好教育他？"

宋时歇正色："我有没有动手教训他？"

如果掐他耳朵算的话……

"勉强算有吧。"

他又问："我有没有说让他不要再偷东西了？"

"有倒是有……"

"他有没有保证不会再偷东西了？"

"有……"

他摊手："既然目的已经达成，那便是了。"

"……"

远处传来一阵喧哗声，其中一个富家子弟不知踩到什么，脚一滑。他下意识拉住另一个人的衣袖，将毫无防备的另一个人也拽倒，两人摔作一团。

街道上顿时乱糟糟的。

当着这么多人的面出了个丑，他们忙不迭地站起身。看着周围人忍笑的表情，他们正要破口大骂，不料巷尾突然蹿出一条大黄狗，大黄狗被他们身上的味道吸引，直接冲两人扑过来。

他们大惊失色，慌不择路地一边跑一边喊着"救命"。

可谓出尽洋相，倒霉到家了。

舒相宜扑哧笑出声。

宋时歇拉着舒相宜转过身，一脸平静，不欲凑这个热闹："没什么好看的。"

舒相宜自然知道是小豆子干的，她揶揄："放心吧，他们不会想到是你做的。"

宋时歇倏地一笑，说起谎话来毫不心虚："谁说是我做的了？"

舒相宜毫不客气地戳穿他："我都看见了，你给小豆子使眼色。虽然不是你做到，却是你授意的。"

宋时歇停住脚步，暗自思忖一会儿，笑弯了眼："既然你看到了，就该知道，我这个人锱铢必较。"

舒相宜摇头："我只是觉得，这点小伎俩不够惩戒他们。"

他并不在乎："是吗？"

"他们这么说你父母，你都不生气？"

宋时歇依然在漫不经心地笑："为什么要生气？"

"你不觉得他们太过分了吗？"

他神色不变，仿佛只是在说一件稀疏平常的事："倘若，他们说的是真的呢？"

破坏进宫画像

月明星稀,舒相宜在花欲语的帮助下,好不容易爬上屋顶,却因为裙摆过长而挂花了。

舒相宜一脸歉疚,这是花欲语的新衣服,她自己都没有穿过。

花欲语却豪爽地拍拍舒相宜的肩膀:"没关系,等会儿我补一补就行了,保证比原来还好看。"

舒相宜被逗笑,这才松口气。

想了想白天的事,舒相宜还是开口问:"你知道为什么宋时歇老是穿一身白衣吗?"

"他在守孝。"花欲语告诉她。

舒相宜微微睁大眼睛:"守孝?"

花欲语点头解释:"他的娘亲在三年前跳河自尽了。"

舒相宜难以置信:"为什么?"

"嗯……"花欲语叹口气,"虽然这么说不太好,但他娘亲脑子的确不太正常,和三岁孩童差不多。说得难听点,是个傻子。"

"那他父亲……"

"听我爹说,他爹是二十多年前来到破月镇的。他爹受了重伤昏迷了很长时间,所有人都说他救不活了,是他娘亲将他爹捡了回来,细心照顾。好不容易他爹醒过来了,却疯疯癫癫,整日胡言乱语。宋时歇还在他娘肚子里时,他爹便跳河自尽了。是他娘亲一手将他拉扯大的……他娘亲自尽的地方便是二十多年前他爹自尽的地方。"

花欲语黯然:"本是宋时歇报答娘亲养育之恩的时候,没想到却……破月镇是生他养他的地方,但想必,也是他的伤心之地吧。"

舒相宜无法想象,失去双亲的他究竟是何感受。

她怅然:"想必,他娘亲早就想随他爹而去了吧。"

花欲语仔细在心里算了算:"居丧三年不得外出工作,想来,到昨日为止,三年已到。"

一说起宋时歇的事,花欲语便停不下来:"他是吃百家饭长大的,学堂里的夫子看他有天赋,特允他留下来念书。他还拜入我们这里一个归隐的大侠门下,跟着大侠学剑,成了一名剑客,可以说是文武双全了。"

夸了这么一通，她话锋一转："别看宋时歇现在规规矩矩的，我和他从小一块长大，还不知道他？打小他就皮，惹是生非闯了不少祸。记得12岁的时候，我爹给我新买了一匹小马驹，他找我借，我便借给了他。没想到他迟迟不还，我去问才知道他将我的小马驹转手卖掉了。然后用卖掉的钱买了一套被褥给他娘亲盖，害得我被我爹揍了一顿。"

"那后来呢？"

"后来他可能心里过意不去，想办法凑钱赎回来了……所以这么多年来，我爹一直不喜欢他。"

她总结："他呀，可招人烦了，你可千万不要轻易相信他。"

舒相宜打趣她："不止招人烦，也招人喜欢吧？"

花欲语愣了愣，不知道舒相宜何出此言。注意到舒相宜调侃的表情，花欲语反应过来，不屑地嗤笑："你是说我喜欢他，怎么可能？"

舒相宜笑起来："不喜欢他，你还对他这么好？他有了麻烦，这么着急就去找他？"

花欲语撇嘴："我这叫仗义，好兄弟之间的仗义。"

舒相宜不戳穿她，笑眯眯道："你说什么就是什么吧。"

花欲语想了想，单手支颐，声音不自觉地压低："我们这里没人能配得上他。"

舒相宜一愣，刚想要劝花欲语不必妄自菲薄，她却继续轻声道："他呀，不该一辈子困在小小的破月镇。"

花欲语凝望着远方出神，清亮的眼眸仿佛迸发出某种光彩："他是人中龙凤，理应飞上枝头的。"

舒相宜怔怔地望着花欲语精致好看的侧脸，觉得有这样眼界的她同样不该被束缚在这个小镇。

围墙外传来窸窸窣窣的声音，花欲语神情一变，仿佛刚才满眼憧憬的那个人不是她。

她咬牙切齿，跃下屋顶，抄起角落里的扫帚大骂出声："哪个王八蛋又偷偷摸摸翻我家墙？"

她拿着扫帚从正门出去驱赶："看看看，就知道看！"

外面果然传来几声求饶声："姑奶奶，我再也不敢了！"

"姑奶奶我美不美？"

"美！美！当然美！哎哟！姑奶奶你怎么还打我？"

"美还用你说？姑奶奶我不知道我自己美？下次再敢翻我家墙，信不信我把你眼睛戳瞎？"

"姑奶奶我错了，再也不翻了……别！别打了，别打了！"

又是不知死活趁夜来偷看花欲语的人。

舒相宜哑然失笑。

舒相宜整理好床铺正要入睡，花欲语却敲了敲她的门。

花欲语神秘兮兮地捂住舒相宜的眼睛，带她去了自己的房间："猜猜我给你准备了什么？"

舒相宜毫无头绪。

花欲语松开手，推她进去。

房间里多了个半人高的木桶，里面装满了热水，白色的水雾蒸腾。

舒相宜惊讶地睁大眼睛。

"知道你一直想洗个热水澡，我特意去借了个大木桶来，几个街坊帮着我一块烧了水。"

舒相宜知道这里条件有限，想要烧满一大桶水是件很不容易的事，她感动得不知道该说什么才好，只觉得自己无以为报："谢谢，麻烦你了。"

"哎呀，说了不用这么客气的，你来我家住，我总该尽一点地主之谊。"

花欲语热情地把她推到木桶旁："现在温度正好，你赶紧洗。"

舒舒服服地洗完澡，舒相宜躺在干净的床上，很快便睡了过去。

次日，舒相宜是被院子里的争执声吵醒的。

花欲语拔高了声音："我才不要嫁，他都快五十岁了。爹，他比您年纪都要大！"

另一个男声含着怒气:"阿语,不许妄议君上!"

"什么妄议!这就是事实,他分明就是四十好几,快五十岁了,他儿子年纪都比我大!"

"君上若是能看中你,是你的福气,也是我们全家人的福气。"

"什么全家人的福气?明明就是你想飞黄腾达!我说前几日您怎么突然找人替我画像,原来是想将我献给君上!"

"阿语,听爹的话!爹这是为了你好!"

"若真是为我好,您该问问我的想法!我宁可一辈子都守在破月镇,都不愿意去宫里当夫人!"

"阿语,你听话,明天便会有人来取画,以你的才貌想必不用多久就能入宫。"

"我不管!要入宫您去入!我死都不入!"

舒相宜走出房间正好看到花欲语摔门而出。

穿着捕快服的中年男人脸色涨得通红,看到舒相宜,他勉强笑了笑,不想在外人面前失了礼数,简单解释了句:"舒姑娘见笑了,小女被宠坏了。"

舒相宜没说话。

他犹豫了一下,缓声道:"舒姑娘,你可否替老夫劝一劝阿语?她年纪小不懂事,不懂其中的利弊。"

他长叹一口气,仿佛一瞬间衰老了许多:"我也是没有办法……"

他何尝不疼爱自己的女儿,可花欲语出落得越发水灵,镇里的几个富豪都开始打主意想要纳她为妾,与其当乡绅的妾,不如入宫当夫人,至少能保她一生平安尊贵。

舒相宜无法苟同古代"出嫁从夫,在家从父"这一套,也无法苟同"父母之命、媒妁之言"这一套,更加无法理解所谓的"为你好"。同时却也明白,这个时代无法由自己做主。

她只能沉默。

花欲语没有去衙门,一直到晌午她都没有回来。舒相宜实在担心花欲语,想起宋时歇就住隔壁,索性过去找他。

快走到他家门口的时候,什么东西砸中了她的头。

她停住脚步,左顾右盼,却什么也没看到。

她继续往前走,又一颗小果子砸中她的脑袋。

与此同时,头顶传来一声轻笑。

舒相宜恼怒地仰头看过去,果然是宋时歇,一身白裳,好一副潇洒风流的姿态。

看着他轻松地跃下树,舒相宜皱眉:"你不会是故意躲在树上想吓唬我吧?"

"故意?"宋时歇翘了翘嘴角,"我是这么无聊的人吗?"

他朝不远处招了招手,便有好几个小孩跑过来。

他含笑简单解释:"摘几颗果子而已。"

知道是自己误会了,舒相宜这才注意到他左手提着一个布袋,里面塞满了刚刚摘下来的新鲜果子。

他从布袋里挑了一颗出来,然后将剩下的全部递给最为年长的那个小孩:"来,给大伙分一分。"

几个小孩齐齐仰头冲他笑:"谢谢时歇哥哥。"

他笑眯眯地摸了摸他们的脑袋:"不用客气。"

宋时歇掂了掂手中的果子,瞥一眼舒相宜:"把手伸出来。"

舒相宜警惕:"做什么?"

宋时歇好笑道:"我能做什么?"

他索性拉住她的手,将刚才挑出来的那颗果子递到她手里。

触感冰凉柔软。

他笑弯了眼,嗓音温和:"喏,一人一颗,可别说我偏心。"

那几个小孩左看看宋时歇右看看舒相宜,似乎明白了什么,笑嘻嘻地跑开了。

舒相宜一阵脸热,想了想还是捏紧了那颗果子,轻声嘟囔:"我又不是什么小孩。"

宋时歇故作惊诧,话语带笑:"你不是吗?"

待那几个小孩跑远后,宋时歇才拂去衣服上的灰尘,挑眉看着她:"有事找我?"

舒相宜这种不喜欢麻烦别人的人,能主动来找他,肯定是出事了。

舒相宜踌躇了一会儿,忧心忡忡道:"是花欲语。"

舒相宜跟着宋时歇进了屋,她好奇地四处打量:"你一个人住?"

他戏谑:"早说过了,我尚未娶妻,不一个人住,该同谁住?"

好吧……舒相宜顿时住了口,识趣地不与他纠缠这个话题。

宋时歇的家虽然简陋却很干净,不多的物件摆放得井然有序。

宋时歇忙着干自己的事,随口说了一句:"家里没什么可以招待的,你若不饿不渴,那便不招待了。"

舒相宜本就没心思喝茶,焦急地问:"我们还不出去找花欲语吗,也不知道她一个人跑去哪儿了?"

宋时歇找到东西,兀自在院子里坐下:"不必着急。"

"可是看她的样子,我担心她会出什么事。"

"她不会有事的。"

见他无动于衷，而是专注地拿起针线，开始缝补一件不知道从哪里翻出来的黑色袍子。

舒相宜古怪地看了他一会儿，忽然站起身："我一个人去找她。"

他眼也不抬，声音淡淡："你人生地不熟，想去哪里找？"

"我有嘴，可以问。"

"若是她这么好找，她就不是花欲语了。"

他说得很有道理，舒相宜滞了滞，只好重新坐下。

宋时歇挑唇笑了笑，睨她一眼道："你可知道为何君上急着选夫人？"

舒相宜摇头，她在博物馆的时候光顾着研究帛画去了，对绥国的历史并没有深入了解。

宋时歇慢慢解释给她听："君后在诞下公子缺后便崩了，二十多年来，虽然君上纳了不少夫人，但君后之位一直悬而未决，只因整个王室除了长子百里缺外，另外几位公子一直不成气候。"

舒相宜回想起君上百里临渊残忍地用百里缺献祭，忍不住追问："百里缺很不受宠是不是？"

"恰恰相反，君上一直很宠爱百里缺。"

舒相宜有些糊涂了，既然宠信他，又为什么要让他以身殉天呢？就因为公子缺忤逆了他？

"公子缺博学多才胸怀天下，且在近几年越发受百姓的爱戴，所以，物极必反。"宋时歇缓缓道来。

舒相宜懂了："意思是，君上正值壮年，不想让自己最优秀的儿子声势高过自己，木秀于林风必摧之。所以，现在谁若诞下第二个可以匹敌百里缺的公子，便能竞争君后？"

宋时歇有些惊讶于她的理解能力，他点头："差不多是这个意思，所以各地官员急于献上各地美人，希望自己成为未来君后的助力。"

舒相宜感慨万千，未雨绸缪这招果然还是古代人使得溜。

只可惜那些个美人，没有自主权，全因有一副好容貌，便要入宫侍奉大自己好几轮的百里临渊。

更可惜的是，舒相宜心一沉，没有人比她更清楚，绥国没有多少时日了。

宋时歇终于将那件黑色的袍子补好了，他站起身："我们走吧。"

"你知道她在哪儿？"

他淡定地颔首："自然知道。"

"……"

舒相宜觉得自己又被他耍了。他们从小便相识，花欲语知道宋时歇每次惹了麻烦之后的藏身之处，宋时歇自然也会知道花欲语难过的时候喜欢躲在哪里。

舒相宜和宋时歇是在河边找到花欲语的。

花欲语双手抱着膝盖坐在树下发呆，听到身后的脚步声，她闷闷道："我不想嫁给君上。"

舒相宜在她身边蹲下："我知道。"

花欲语扑到舒相宜怀里："可我爹他……他根本不听我的话。"

舒相宜叹气："就是你爹让我来劝你。"

花欲语抬起头："你是来劝我入宫的？"

舒相宜焦急道："当然不是！你是我在这里最好的朋友，我肯定尊重你的意愿。"说完，她自己反倒愣了愣。

她独来独往惯了，从小就不在父母身边，她一个人住着空荡荡的单身公寓，上下学都是一个人，从未想过有朝一日自己会交朋友，而且是一个活在 2000 年前的朋友。

花欲语破涕为笑，笑完后，她神情黯下来："若是爹爹也是这么想就好了。"

她目光落在站在不远处沉默不语的宋时歇身上，顿了顿又移开："我不想嫁给一个自己不喜欢的人，我知道我这样说很任性，我应该乖乖听爹爹的话，不应该忤逆他，这是我的命。"

舒相宜搂住她的肩膀，坚定道："不，你没有错，这是你的婚姻，你有选择权，你的命运由你自己掌控，谁都没有资格逼迫你做你不喜欢的事情。既然你不愿意，作为朋友，我肯定会帮助你的。"

舒相宜这番言论放在这个朝代无疑是惊世骇俗的，可在场的没有哪个是庸俗之人。

花欲语又惊又喜，只觉得心潮澎湃，认为是舒相宜是全天下最了解自己的人。

宋时歇只微微愣怔，然后垂眼微笑。

"可是，我的画像早已绘好，明日便会有人来取走送入宫中。"花欲语咬牙，"干脆我埋伏在路上，将护送画像之人杀死。"

舒相宜哭笑不得："别冲动，先不说护画的有多少人，你即便杀光了也无济于事啊，还可能把自己搭进去。"

"那我称病不去呢？"说完，花欲语又摇了摇头，"不行，生病不是长久的法子。"

她掏出随身携带的匕首："不如我把自己的手砍断，君上肯定不会要一个残缺之人。"

舒相宜赶紧拦住她："伤敌一千自损八百也太划不来了。"

花欲语沮丧："那该怎么办才好？"

她是破月镇远近闻名的美人,以她的容貌,被选中入宫是百分之百的事。

舒相宜自言自语:"若是可以把那幅画像改动一下就好了。"

正在沉思的宋时歇瞥了她一眼,似笑非笑道:"未尝不可。"

满眼漆黑。

舒相宜将脸埋在宋时歇的胸膛里,紧紧抓着身旁宋时歇的衣角,身体僵硬。

她能听到他平稳的心跳声,能听到耳边呼啸而过的风声,她感觉到他的手掌此时就搭在她的腰上,过近的距离让她心慌意乱。再加上她从未想过自己有朝一日会做这种偷偷摸摸的事,稍有不慎被人发现,可能小命就没了,她紧张得心脏都要蹦出来了。

此刻宋时歇身上穿的正好就是下午他缝补的那件夜行衣,他并不是不关心花欲语,而是在用自己的方式想办法。他早就想好了要夜闯镇长府。

宋时歇刻意压低声音,对她耳语:"你可以呼吸,不必憋着。"

舒相宜乖乖地吐出一口气。

宋时歇不由得闷笑。

几个起伏,避开守夜的侍卫,他们顺利摸到了放置画像的房间。

舒相宜生怕自己会连累宋时歇，等适应了黑暗后，才轻手轻脚地从窗户里爬进去。落地后，她长长舒了一口气，不敢浪费时间，赶紧开始找画。

那头宋时歇倒是很轻松，还有心思和她开玩笑："你倒是比我想象的大胆许多。"

换作其他像她这样不会武功又手无缚鸡之力的女子，恐怕早就吓得昏过去了。

舒相宜不理他。

"若有下次，你直接搂住我便是，不必担心掉下去。"

不能点灯，舒相宜在架子上翻来翻去，见他还有闲心聊天，不由得气恼："你找到没有？"

话音刚落，一大摞简牍掉了下来，舒相宜急急接住，生怕它掉落在地上发出声音。

成功接住简牍后，她吃痛轻呼一声。

那头宋时歇注意到了她的动静："怎么了？"

舒相宜揉了揉手臂："没事。"

过于宽大的长袖滑落到手肘，粗糙的简牍直接撞到她手臂上，多了一道破皮的划痕而已。

宋时歇一顿，招呼舒相宜过去："找到了。"

一整张帛画上画满了十多名女子，个个容貌娇艳。

舒相宜有心想保住全部人，却也明白现在不是逞英雄的时候，这是现实世界，能保住花欲语已经不易。

她是美术生，用毛笔作画自然不在话下。

简单几笔后，看似并没有大改，画中那个眉眼精致的女子便变得平庸起来，仔细一瞧气质也发生了变化。放在无数张画作中，不仅不起眼，甚至让人没有看第二眼的欲望。

舒相宜满意了。

宋时歇打量着她修改后的画："没想到你还有这一手。"

"我也没想到你居然大胆到夜闯镇长府。"

宋时歇好笑："你确定要在这个时候与我争？你还得倚仗我带你出去。"

舒相宜撇了撇嘴，问他："你原来的计划是什么？"

"画掉花欲语的名字，再将画带走。"说完，他自嘲，"看来我的计划行不通。"

镇长的野心倒是很大，准备了这么多美人，出乎了他的意料。

但总而言之，她与他，不谋而合。

将帛画收好，两人顺着来路顺利离开了镇长府，一路有惊无险，没被任何人发觉。

在送舒相宜回到花欲语家之前,宋时歇问她:"你就不怕事后被人发现?"

舒相宜沉默了一会儿,点头:"怕。"

"虽然概率不大,但我还是怕会牵连无辜的人。"

沉默了一会儿,舒相宜说:"不过还有一个办法。"

"嗯?"

"在发现之前,将她嫁给其他人。"

宋时歇笑容加深,仿佛听不懂她的意思,他转过身打算回自己家:"这么晚了,她一定在房内等你。"

舒相宜却没有动,她定定地注视着宋时歇:"阿语是个好姑娘。"

宋时歇一顿:"是,我不否认。"

舒相宜想起昨夜花欲语憧憬的眼神,忍不住问:"你可明白她——"

你可明白她一直爱慕于你,却因为某些无法言说的自卑,不敢堂堂正正地站在你面前,不敢大大方方地坦露心迹。

"我知道。"

"那你——"

宋时歇打断了她,他明白她想要说什么。

他移开眼,神色淡漠:"我非良人。"

第五章

再次回到博物馆

花欲语果然在房内等舒相宜。

她踱来踱去，一颗心焦急如焚。

见舒相宜回来，她期待地望着舒相宜："怎么样？"

舒相宜默不作声，垂头丧气地坐在桌边。

以为计划失败，花欲语难过之余不忘安慰舒相宜："我知道你们尽力了，"她勉强一笑，"我知道镇长府守卫肯定很森严……没关系的，大不了我入宫就是了。以我的身手和脾气没人能欺负得了我，说不定日后我还能成为宫中一霸，君上都得听我的话。"

见花欲语真的被她唬住了，甚至开始胡言乱语，舒相宜绷不住笑出声来："放心吧，那画像我已经改过了，保证君上绝对看不上你。"

花欲语怔了怔，扬起拳头不轻不重地捶了舒相宜好几下，眼眶都要红了。

"你个死丫头！吓死我了！"

洗漱完毕后，花欲语轻手轻脚摸了过来。

舒相宜往边上挪了挪，给她腾出个位置来。两人肩并肩，脚挨脚，亲亲密密地躺在一块。

花欲语一把抱住舒相宜，由衷地感叹一句："你好瘦哦。"

舒相宜怕痒，往旁边一躲："你又不胖。"

花欲语装模作样叹气："唉，真羡慕你这样又白又瘦的人。"

"我还羡慕你这样健康的小麦色皮肤呢。"

"小麦色皮肤？我喜欢这个说法。"

花式吹捧结束后，花欲语由衷地感慨："其他人都怕我，他们的爹娘也不许我和她们玩，说我舞刀弄枪的，会带坏她们。"

花欲语轻哼一声，嘟囔道："反正我也不想同她们玩，整天就知道绣花，从白天起床绣到晚上睡觉，也不知道一朵破花有什么好绣的。"

舒相宜忍俊不禁："说不定人家是要绣给情郎的。"

花欲语更加不屑："什么情郎，每个姑娘都绣花，估计情郎都要收腻了。"

"若是你有情郎，你打算送什么？"

"我才不送呢。"

"说嘛,这么小气干什么。"

花欲语只好认真想了想:"若是要送,我就送他一把匕首。"

舒相宜好奇:"为什么?"

"因为……我的的确确就是喜欢舞刀弄枪,要送的话当然是送防身的武器……希望他一生平安。"她把头在舒相宜脖颈上蹭了蹭,"说这些做什么,我又没有情郎。"

窗外传来石子敲击声,紧接着是宋时歇懒懒的声音:"喂,还没睡吧?"

花欲语扬高声音回应了一句:"还没。"然后骂,"大晚上的,你怎么又来我家!"

今夜她爹值夜班,还没回来,所以她才敢肆无忌惮地大声说话。

宋时歇笑道:"快出来喝酒。"

"都这么晚了——"说是这么说,她满眼跃跃欲试。

宋时歇掂了掂手里的酒壶,眯了眯眼:"得偿所愿,不得庆祝庆祝吗?"

花欲语眉眼带笑,嫌弃道:"不是刘大娘亲手酿的桃花酒我可不喝!"

宋时歇轻笑:"巧了,正好是桃花酒。"

花欲语一个翻身起来，舒相宜也起床穿衣服。花欲语兴冲冲跑去厨房取杯子，舒相宜顺着梯子往上爬，宋时歇果然在屋顶上等她们。

他换了一身衣裳，浅褐色的眼眸在黑夜的衬托下深邃沉寂。

舒相宜小心翼翼地踩着瓦片靠近宋时歇。

宋时歇看着她的动作忍不住出声取笑："放心吧，就你这小身板，不会踩破的。"

"小心一点总没错。"她可不想把屋顶踩穿。

待舒相宜坐稳后，宋时歇问："你会作画？"

舒相宜点头："嗯，从小便学。"

宋时歇来了兴致："什么时候也替我画一幅？"

舒相宜一本正经："我画画可是要收费的。"

宋时歇瞟她一眼："唔，用东西抵怎么样？"

说要收费本是玩笑话，他这么一说反倒让舒相宜犹豫了一下："你想用什么抵？"

宋时歇微怔，他听到下头的动静，抿唇笑了笑："想好再说。"

很快，花欲语便爬了上来。她来得急，一副兴冲冲的样子，只想赶紧喝一口桃花酒，却一个不慎踩破几块瓦片，脚一下子陷了进去。

宋时歇和舒相宜对视一眼，同时大笑。

花欲语不明就里，恼道："有什么好笑的？"

她把脚抽出来，自言自语："看来明天又要修屋顶了，还好今天没下雨。"

舒相宜奇道："之前也破过？"

宋时歇搭话："她踩塌过好几次。"

花欲语坐到舒相宜身旁，把杯子分给他们，闻言脸红一阵白一阵："宋时歇，你找死是不是？"

"哦，"宋时歇改口，"记错了，不止几次，而是踩塌过十多次。"

"宋时歇！"

几杯桃花酒下肚，花欲语越发兴致高涨，开始口不择言："什么君上，便是他儿子公子缺来求娶，我都不一定嫁呢。"

舒相宜正色："如果是公子缺的话，还是可以考虑一下的。"

宋时歇扫了舒相宜一眼。

花欲语扑哧一笑："公子缺再好，我和他也不是同类人，整日文绉绉的，想想就难受。再说了，我眼光可高了，既要长得好看，能配得上我，还要能文能武，最好还要……"

舒相宜默默听着，只觉得她所形容的分明就是宋时歇。

宋时歇开口："我倒是认识几个不错的男子，家境、学识、气度都不差。"

花欲语顿住。

舒相宜惊讶于宋时歇的直接，偷眼打量他，却见他神情平静，是打定了主意要说开的。

花欲语瞪着月亮，眨了眨眼睛，然后回过神来剜了他一眼："算了吧，就你那群朋友，我可不敢恭维。"她撇嘴，"要是靠你，恐怕我一辈子都嫁不出去了。"

宋时歇笑了笑，往后一仰，直接躺倒在屋顶上，合上眼："你别的都挺好。"

花欲语一愣，难得听他夸次自己。

他补充："就是眼光不太好。"

花欲语忽然大笑："宋时歇，你是不是找打？"

说着，他们又拌起嘴来。

舒相宜靠着花欲语的肩膀，闭上眼睛，觉得心底一片安宁。

转眼，舒相宜便在破月镇生活了7日。

想着不能白吃白喝，白天，她便帮着不在家的花欲语侍弄院子里的花草；花欲语和花捕快回家后，她便做饭给他们吃。她厨艺很好，简单的食材也能做出美味的料理来，偶尔隔壁的宋时歇闻到香味，还会过来蹭饭吃。

晚上的时候，她和花欲语还有宋时歇一块喝酒玩乐，在河边散步，她还跟着郭五学会了骑马和射箭。

破月镇的夜晚很美，月光皎洁，星星遍布夜空，日子过得很是惬意。

渐渐地，她开始习惯这里的生活，没有人追问她来自哪里，他们用善意包容着她。虽然这里没有手机没有电脑，科技不发达，但是有朋友。她甚至开始琢磨怎样才能提前发明造纸术，好让她可以将所见所闻一一画下来。

花欲语没有和她的捕快爹和解，但她学会了隐藏自己的情绪，不再像之前那样剑拔弩张。两人都绝口不提那日的争执，花捕快似乎心有愧疚，每日回家都给花欲语带小礼物。

某日。

阳光格外刺眼，舒相宜想睡懒觉都睡不成，只能翻身爬起来，身上的被子早就不知道去了哪里。她不适应地用手挡了挡阳光，眯着眼叫花欲语的名字："阿语，今天我来做早饭吧。"

话音刚落，她便看清了周围环境，她愣怔了好几秒，回过神后，她难以置信。

她居然在博物馆里。

舒相宜低头审视自己，她依然穿着自己的绿色连衣裙，装着速写本和手机的背包在不远处的地上，短暂的迷茫过后，她喜上心头。

她站起身四下张望，身材各异的泥土塑成的雕塑一动不动地待在各自的区域，红色警戒线仿佛一道隐形的屏障，隔绝着那个朝代和这个世界。

她的正前方则伫立着百里缺的雕塑，他是青铜铸就的，身披作战铠甲，笨重的头盔虽将容貌遮去大半，只露出微微上扬的唇，但还是看得出是位年轻的公子。随着时间的流逝，周身磨损严重，在阳光照拂下，它依然冰冷而孤独。

雕塑复活、穿越时空、茶楼听曲、夜闯镇长府……

宋时歇、花欲语、郭五、小豆子……

一切的一切仿佛只是一场梦。

而现在，梦醒了。

她回到了现实世界。

舒相宜没由来地心里一慌，索性不再细看，收拾好东西便往外走。刚下楼梯，便在拐角的地方碰见抱着一沓文件的郁都。

还未到开馆的时间，郁都一怔："姑娘昨夜没走？"

舒相宜尴尬又不好意思地连连道歉："对不起，对不起，我好像不小心睡着了，给您添麻烦了。"

郁都了然，笑着摆摆手："麻烦倒是没有，夜里冷气很足，只希望姑娘没有着凉才好。"

"那倒没有。"

这一觉下来,她没有着凉,反倒是身体强健了不少。

郁都温柔地注视着舒相宜:"我昨晚说的事,姑娘要不要考虑一下?"

"您是说守夜?"

郁都点头:"是的。"

舒相宜想也不想就拒绝,她示意了一下怀里的速写本:"真是不好意思,我的作业已经完成了,以后应该不会再过来了,希望您能找到满意的人。"

说完,她很自然地冲他行了个礼,然后离去。

郁都微微愣怔后,笑着摇了摇头。

走出几步远,舒相宜又停了下来,她忽然开口:"郁馆长。"

"什么事?"

舒相宜犹豫了几秒,转过身问:"馆里最近有没有发生过什么异常的事情?"

她这问题有些古怪,郁都却认真思索了一阵:"博物馆里的灯年久失修,经常出毛病,算不算?"

舒相宜笑了笑,绷紧的神经放松下来:"当然不算。"

郁都反问:"那姑娘可曾经历过什么异常的事情?"

舒相宜僵了一瞬间，果断摇头："自然没有。"

她今早醒来后，穿着打扮和昨夜一模一样，没有多什么也没有少什么，这只能证明，一切只不过是一场梦罢了。

她只是不小心在馆里睡着了，因为白天看了太多与绥国相关的故事和古物，所以做了一场关于绥国的梦。

走出博物馆，阳光洒了满身。

街道上车水马龙，到处遍布着高楼大厦，穿着短袖和西服的各色男女行色匆匆。

这才是她所熟悉的环境。

舒相宜找了家麦当劳坐下，给手机充上电。开机后，她马上按了一长串号码，接通电话的瞬间，她忍不住湿润了眼眶："妈……"

回到家后，她开启空调，点了最爱吃的那家外卖，打算一边等外卖一边洗澡。

脱下连衣裙，将其丢入洗衣机里，正要迈进浴室，她忽然顿住，迷惑地看着自己的右手手臂——

她的右手手臂上有一道划痕。

等等！

她蒙了一会儿，仔细揉了揉手臂，虽然很浅，但的的确确是一道划痕。她穿的明明是绿色长袖连衣裙,手臂上怎么会有划痕?

它的存在,仿佛是在嘲笑她的自欺欺人。

这不是梦。

洗完澡,换上睡衣,吃完外卖,她打开电脑搜索了许久。除了带"绥国"二字的某公司涉嫌传销组织,骗了几十万人外,完全找不到任何相关信息。

除了那家博物馆外,没人知道绥国的存在,没人知道百里缺以身殉天的故事,没人知道几十个普通百姓为他们心目中最崇敬的那个人陪葬了。

她看着桌子上摊开的速写本,看着那幅百里缺雕塑的速写陷入沉思。21世纪,似乎只有她一个人知道2000年前的真相。

博物馆里依然人头攒动。

走入雕塑展厅,舒相宜有一瞬的后悔。刚到绥国的时候,她满心只想回来,现在真的回来了,她就应该把这一切当作从未发生过,继续她的生活才对。

可鬼使神差地,她又来到了这里。

她依稀能分辨出嬷嬷、菜苗和阿翠姑娘的那几具雕塑。嬷嬷笑容慈祥,阿翠姑娘面无表情,菜苗却是紧闭着眼睛皱紧了眉头,似乎下一瞬间就要哭出来了。

说到底,他陪葬百里缺的时候只是个孩子,这么小就要面对死亡,肯定很怕吧。

余光里,一个男人好奇地打量着阿翠姑娘的雕塑,看着看着,他不顾那警示红线,径直上手去摸。

舒相宜大脑还未反应过来,身体便已经上前两步阻止了他:"麻烦不要触摸。"

那男人讪讪收回手:"关你什么事?"

舒相宜心平气和地说:"这里有警戒线,还有指示牌。"

那男人翻了个白眼:"不就是个破雕塑吗?"

"这是文物。"

"得了吧,要真这么珍贵,该把它放在玻璃柜里吧?"

她正色:"若是他们有感觉会思考,肯定不希望自己被人随便摸。"

那男人古怪地看着她:"神经病吧,雕塑而已,怎么会有感觉?"

他懒得再跟舒相宜争执,走远了。

舒相宜怔怔地看着阿翠姑娘的雕塑出神,阿翠姑娘似乎也在看着她。

她倏地一笑,豁然开朗。

是了,他们才不是雕塑,他们是活生生的人,他们有血有肉会哭会笑,他们坦然接受了自己的悲惨命运。

虽然2000年之后的现在，他们早已作古，一切尘埃落定。

可她却说服不了自己接受这个结局，她真真切切地和那个时代的人相处过、生活过，对那个时代的他们来说，后来的一切都还没发生。

她忽然觉得，自己误入绥国或许并不是一个意外。

而是老天爷觉得他们不该枉死，百里缺不该枉死，宋时歇和花欲语不该枉死，千千万万的百姓不该枉死。

如果她能见到百里缺，如果她能告诉他关于百里临渊的阴谋，说不定就能阻止这场灾难的发生。

舒相宜顺着工作人员的指引找到了郁都的办公室。

郁都正在办公室里读报纸。

看到舒相宜出现，他怔了一秒便了然。

他起身在柜子里翻找合同，边找边说："这年头，大家都不愿意上班上通宵，想找一个认真负责的人可不容易。"

"那您怎么确定我就一定是一个认真负责的人？"

郁都笑看她一眼："我眼光历来很好，我自然相信自己的眼光。"

舒相宜默默看着郁都，想要告诉他自己经历的种种，却又不知道该从何说起。

这一切太过荒谬，他会相信吗？可他是这里的馆长，按理来说，是研究绥国最多的人,也是最了解绥国的人。

于是她问:"您是怎么知道绥国的故事的?它的存在没有任何文献资料可以佐证。"

郁都答:"所有故事都是有迹可循的,总会有人一代又一代口耳相传,传得多了,便不是故事,而是历史。这些故事一直在等着有心人将其串联起来罢了。"

"您就是那个串联所有故事的人?"

郁都眼神越发温柔:"可以这么说。"

"郁馆长,那您觉得,绥国的故事是真实存在的吗?"

"为什么这么问?"

"我只是好奇。"

郁都笑了笑:"我希望它是真实存在的,我希望所有人都相信它是真实存在的。"

舒相宜有些懂了:"谢谢您。"

郁都终于将合同翻了出来,他拿起钢笔填完日期后,温和地开口询问:"姑娘叫什么名字?"

"舒相宜。"

郁都的手顿住,呆了一瞬间,他才神色如常地继续问:"哪个舒相宜?"

"舍予舒,淡妆浓抹总相宜的相宜。"

郁都低声重复着:"舍予舒,淡妆浓抹总相宜的相宜,嗯,是苏轼的诗。"

"对,我爸爸很喜欢苏轼,所以特意给我取了这个名字。"

郁都慢慢将"舒相宜"三个字填了上去,然后将合同推到舒相宜跟前,示意她填写身份证和地址。

他抬起眼,含笑看着她:"舒相宜,是个好名字。"

第六章

不告而别去王都

"我打算去王都。"

轻飘飘的一句话激起千层浪。

"什么？"

舒相宜和花欲语面面相觑。

花欲语惊得差点把手里的面碗打翻："你决定去王都？"

过高的音量引得周围人频频注目。

花欲语又惊又喜，忙不迭地嚷嚷："我也要去，我也要去！带我一块去，带我一块去好不好？"

宋时歇揉了揉额头，习惯了她凡事都喜欢凑热闹："你去做什么？"

花欲语撇嘴："我受够了我爹的念叨。"

她举起三根手指发誓:"我保证不会给你惹麻烦,你就带上我吧。"

宋时歇笑着摇摇头:"我可不是去玩的。"

"我也没想玩啊。"顿了顿,花欲语补充,"你可别乱想,我只是想去王都见见世面而已。"

她满眼期待:"听说王都比破月镇繁华多了,不仅吃穿用度精细许多,还有许多名流和侠客。"

宋时歇玩笑道:"路上危险,前几日还有一伙盗贼在沿途流窜,恐怕我自身都难保。"

时间不早了,花欲语起身往衙门的方向走:"我不管,我可以自保,不用你保护。我晚上就回去收拾行李,走的时候记得知会我一声。"

宋时歇无奈地笑了笑,对她的任性妄为已经习惯了。

舒相宜吃完面,搁下筷子。

她是昨天夜里回到这里的,巧的是,回来的时间与她离开这里回到现代的时间无缝对接,没有人发现她曾消失过。

但这回和上次不同,上次她毫无准备地空手而来,这次她为了能便捷地记录所见所闻,抱着试一试的心态,随身携带了速写本和手机,没想到真的成功将这些现代物品带到了绥国。

按上次的经验来看,她可以穿着现代的衣服,带着现代的东西过来,却无法将这个时代的东西带回现代,所以才会在回到现代的时候,浑身上下只剩她恰好穿在最里面的连衣裙。

舒相宜盯着宋时歇看了一会儿，心跳不由得加快。

她与宋时歇竟然不谋而合。她打算去王都寻百里缺，而他正好也要去往王都。花欲语说得不错，他的父母都已经离开，这里再也不能牵绊住他了。

她忍不住问他："你打算去王都做什么？"

"公子缺正在招募幕僚，所以我想去试一试。"宋时歇饮了一口茶。

舒相宜眼睛一亮："所以，你可以见到百里缺了？"

宋时歇很轻地皱了下眉头，注意到她每次说起百里缺，都异常兴奋，这兴奋让他没由来地有些烦闷。

舒相宜想了一会儿，小心翼翼地开口询问："你可以带我一块去吗？"

"你也想去？"

"是，我正好……"

他垂了垂眉眼并未看她，他拒绝得很快，甚至没打算听她说原因："不行。"

舒相宜一愣："为什么？"

他神情有些淡漠："没有为什么。"

舒相宜站起身，不再看宋时歇的表情，低声道："若是为难的话就算了，我自己想办法。"

消息很快就传开，宋时歇是他们当中最有可能出人头地的人，他即将前往王都，这是多么巨大的好消息，来道贺的百姓们几乎要踏破宋时歇家的门槛。不仅如此，以郭五为首的一群人摩拳擦掌，打算举办一场宴会，给他饯行。

流水席设在了宋时歇家和花欲语家门口，桌子椅子摆满了整条巷子。天色刚黑，外面便热闹起来。

花欲语软磨硬泡了好几天，宋时歇还是不肯松口带她去，她脾气傲，只好作罢。此刻她正帮着招呼客人，忙得不亦乐乎。

舒相宜自知交际能力不行，便帮着上菜和摆碗筷。宋时歇不肯带她同行，自然有他的考量，她并不生气，也并不打算强求。她琢磨着，等宋时歇走后，她再找个机会和花欲语告别，独自一人去王都，靠自己比靠别人要有用得多。

主人公迟迟不登场，花欲语百忙之中转头和一旁的舒相宜说道："你去找一找宋时歇，看他又躲哪里去了。"

舒相宜为难："还是你去吧，我菜还没上完。"

他们自那次不欢而散后，就再没有说过话。

花欲语根本没听见她说话，转眼间又被其他人拉走了。舒相宜无奈，只好擦了手去找宋时歇。

哪里都找不到她人,她索性搬来梯子爬上自己房间的屋顶,果然在这里看到了宋时歇,他正舒舒服服躺在那儿"晒"月亮。

她沉默了一会儿后开口:"喂,大家都在张罗着给你送礼物。"

宋时歇没说话。

"你不出去看看?"

宋时歇还是没说话。

"话我已经带到了,我先走了。"

舒相宜正要爬下楼梯,宋时歇终于开了口,他揉了揉额头,嗓音里带着点刚醒的沙哑:"唔,外面可真吵。"

舒相宜微微松了口气,她好气又好笑,敢情他一直在这里睡觉。

于是她重新爬上去,坐在他身旁:"大家是来给你饯行的。"

宋时歇蓦地一笑,伸手拉了舒相宜一把。舒相宜猝不及防,一下子躺倒在他身旁,还没来得及生气,便听见他笑道:"饯行这种事,越是声势浩大越是难走。"

"大家也是一片好心。"

"我知道。"

一时沉默,两人都没有说话。

半晌,宋时歇手指搭在眼睛上,忽然问:"哎,你东西收拾好了没有？"

舒相宜没明白他什么意思："没有……但我东西很少，马上就能收拾好。"

他一下子翻身坐起来，偏头笑看着她："不如咱们偷偷溜走，如何？"

"咱们？"

他反问："你不是想去王都吗？"

她皱眉："你要带我一块去？"

他再度反问："你不愿意？"

"当然愿意。"

舒相宜眼睛一亮。他改变主意，对她而言是好事，毕竟两个人同行比她一个人独行要安全得多。

他挑唇一笑，当机立断道："趁着没人注意，你赶紧去收拾东西，我在后门等你。"

舒相宜没当真，朝他挥挥手："别开玩笑了，送行宴还没开始呢，就算走，也得先和大家打完招呼……"

宋时歇没说话，依然笑吟吟地看着她。

舒相宜侧头看着他的表情，不由得拧眉："你说真的？"

舒相宜急匆匆收拾好包袱，甫一踏出后门，便见外面停着一辆马车。

宋时歇没诓她，他正坐在马车帘子外，单手支颐，倚靠着车壁闭目养神。听见动静，他抬眼看过来，脸上笑意加深。

不等舒相宜说话，他便朝舒相宜伸出手："过来。"

他最近没有再穿白衣了，而是一身靛蓝色长衫，干净又利落。

前门巷子里热热闹闹的，隔着老远都能听到郭五哥豪爽的笑声。眼前他笑眼盈盈，也许是黑夜的衬托，浅褐色的眼眸里带着某种蛊惑人心的神采。

舒相宜心里稍一犹豫，总觉得这样不太妥当，可手却鬼使神差地伸了过去。

她牢牢抓紧宋时歇的手，借力上了马车。

谁也没注意到，不远处拐角的地方，花欲语怔怔站在黑暗中，沉默地看着他们。她怀里揣着一把尚未送出去，她亲手打磨的匕首。

宋时歇一挥缰绳，马车便开始前行。

舒相宜还有些反应不过来："咱们这就走了？"

宋时歇戏谑一笑："你现在才知道自己上了贼船？"他装模作样地恐吓她，"坐稳了，若是摔下去我可不管。"

舒相宜无奈道："我还没有当面和花欲语作别，她肯定会生我的气。"

宋时歇随性而为，想走便直接走了，她怎么也跟着他一块胡来了。也不知道花欲语能不能看懂她留下的信，希望花欲语不要误会自己和宋时歇是故意抛下了她。

"你也知道花欲语的性格,若是作别,她肯定放心不下你,你就别想走成了。人生漫漫,聚散无常,习惯便好。再则,你本就来得突然,走得突然又有何妨?"

舒相宜双手抱住膝盖:"你为什么一直不肯带她一块去,她好像很想去。"

宋时歇平静地注视着前方,唇边带着一抹很淡的笑:"你若是跟她相处久了就会知道,她只是心血来潮而已,这里是生她养她的家乡,她有牵绊。"

舒相宜默默看着他的侧颜,父母皆逝,三年之丧已过,他已经无牵无挂了。

宋时歇说:"况且,王都人多眼杂,保不准就有替君上作画送画的人。你说,她会不会被人认出来?"

舒相宜了然,花欲语在这个关头去王都,被人发现画像作假的可能性极大,她只有待在远离王都的地方才是最安全的。

舒相宜犹豫了一下,还是忍不住问:"那你为什么突然又愿意带我去了?"

宋时歇睨她一眼,反问:"此去路途遥远,你可有非去不可的理由?"

她去王都是为了见百里缺,她抱着那么一丁点可能性,试图阻止悲剧的发生。虽然可能改变不了历史的洪流,但她不想什么都不做,愧对自己的内心。

所以,不论宋时歇带不带自己同行,她都非去不可。

她点头:"有。"

宋时歇并不打算细问,漫不经心一笑:"那不就行了。"

舒相宜静下心来,掀开帘子往车厢里张望。

这是她头一回坐马车,显然和她想象中的很不一样。车厢里并不是电视剧里那样奢华的丝绸铺得到处都是,也不是小说里描述的那样软枕当坐垫,点心吃食应有尽有。而是简简单单的木板车壁,角落里搁着宋时歇的包袱,外加一条长毯,一目了然。虽然简陋了些,却很干净。

就破月镇百姓们的家庭条件而言,有马车已经是件很了不起的事了。

舒相宜奇道:"你哪儿来的马车?"

"是郭五哥的。"

"郭五哥有马车?"

"某次赌钱赢来的,正好用来载他丈母娘去看病。"

舒相宜表示怀疑:"这么贵重的交通工具,他肯借给你?"

宋时歇倏地一笑,对答如流:"当然不肯,所以我刚才趁着郭五哥喝醉酒,偷偷把他家唯一的宝贝给偷了出来。若不是为了载你,我也不会选择马车出行。"

舒相宜表情僵了一瞬间。

见她紧张，宋时歇扑哧一笑，伸手很轻地揉了下她的头发："哎，逗你玩的。"

他含笑注视着她的眉眼间有一刹那的温柔："你傻啊，郭五哥可不止赢了一辆马车，这辆是昨日我花钱跟郭五哥买来的，他最近急需用钱。"

舒相宜愣了愣。

头顶宋时歇手掌的温度尚在。

意思是，他有买马车的钱，却宁可从郭五手中购买，解郭五燃眉之急。又或者说……他早就想好了要带她同行？

仔细一想，她就这么冲动地和宋时歇出来了，怎么有点像……私奔？

舒相宜摇摇头，赶紧打消这个奇怪的念头。

她不再与他说话，侧过脸望着周围，他们离热闹的中心越来越远，马车在空荡荡的街道向前行驶，很快将驶出破月镇。

她内心腾起一股说不清道不明的情绪。刚刚来到这里时，她无疑是排斥外加一点嫌弃的，但住了一段时间后，她开始对这里和这里的人产生感情，他们用友善完全包容了她，也不知道她还有没有机会再回到这里。

她习惯性地从包袱里翻出速写本和铅笔，对着夜色中的破月镇画了起来，完全沉浸在自己的思绪当中。

直到画完整幅画，她才猛然反应过来，自己当着宋时歇的面拿出了不属于这个朝代的东西。

生怕宋时歇会觉得自己很怪异,她紧张地扭过头去,却见宋时歇只是似笑非笑地瞥了她几眼。他并未打扰她画画,也没有问东问西,似乎在等待。

这让舒相宜更加不好意思,她主动解释:"这是用纸做的本子,便于书写和携带,是我们那儿的特产。"

他淡笑颔首:"唔。"

她扬了扬右手:"这是铅笔,也是我们那儿的特产,和毛笔差不多,但是比毛笔更坚硬,用起来也更加省事。"

见他目光落在速写本上,她又解释:"我画的是——"

他接过话头:"破月镇。"

舒相宜点头:"对,破月镇。"

她手指轻轻落在画上,将阴影处晕开,眼神不舍。

宋时歇挑唇:"你的画法很有趣。"

舒相宜还是有些不自在:"这是我们那儿最方便最快速的画法,虽然潦草,但是很方便。"

宋时歇看出她的窘迫,玩笑道:"你身上奇特的事情可不差这一两桩。"

他一顿,若有所思道:"你是你们那儿的画师?"

舒相宜这才松了口气。说起自己的专业,她自信了不少:"虽然目前还算不上,但我在朝那个方向努力。"

宋时歇没有打趣她，而是微微含笑注视着她："我很期待。"

不知道他的眼神是什么含义，舒相宜慌张地别开眼去，心中却忍不住微微雀跃。

她忽视了一点，自己第一次在宋时歇面前出现时，身上什么东西都没有带，又是从哪里变出所谓的"家乡特产"。

她忘了说，宋时歇也没有问。

将速写本收好，不经意间，舒相宜瞥见一个瘦小的黑影在不远处一闪而过。

舒相宜以为自己看错了，紧紧盯着那个方向，只见那道黑影又离近了些，分明是在尾随他们。

这里可不是治安良好、夜晚出行也很安全的21世纪，想起宋时歇说过前几日有一伙盗贼在附近流窜，舒相宜登时警惕："有人在跟着我们。"

宋时歇淡定自若："我知道。"

"你知道？"

马车速度渐渐缓了下来，停稳的那一刻，宋时歇扬高声音，懒懒问了一句："还不出来？"

等了等，那道黑影果然慢吞吞上前来。

是小豆子。

他灰头土脸、气喘吁吁,不知道跟了多久。

他倔强地看着宋时歇,双手握成拳头:"时歇哥,我要跟你一块去!你在哪儿,小豆子就在哪儿!"

宋时歇没说话,他脸上罕见地没有笑容,气氛一时僵持住。

舒相宜偏头担忧地问:"他就这样跟着你,他父母会不会担心?"

宋时歇平静答道:"他是孤儿,没有父母。"

小豆子又上前一步,哀求道:"时歇哥,你就带上我吧。我不会给你添乱的,我可以替你跑腿,替你端茶送水,我会做的可多可多了。"

静了半晌,宋时歇淡淡道:"我的确不想带你去。"

小豆子瘪了瘪嘴,脑袋耷拉下来。

宋时歇看也不看他,表情有些冷漠:"你算算,在破月镇的时候,你调皮捣蛋,给我惹过多少次麻烦?"

宋时歇的态度令舒相宜惊讶,在她的印象中,宋时歇不是怕惹事上身的人,更不是对亲近之人冷言相向之人。

小豆子越发丧气,但还是不肯放弃:"时歇哥……那,那怎样你才肯带上我一起,求求你了。"

宋时歇无动于衷。

小豆子急得快哭出来了。

"我此番并非单独出行,"宋时歇抬了抬下巴,示意一旁的舒相宜,"你问问这位姐姐是否同意。"

"她?"

小豆子半信半疑,若是宋时歇不提,他根本不会将舒相宜看在眼里。

"我?"

舒相宜瞠目结舌,不明白他干吗把自己牵扯进来。

宋时歇蹙了蹙眉头,不耐烦道:"你光问我的意思没有用,若是这位姐姐同意,那我们就勉为其难带上你,决定权在她。"

舒相宜怔然。

小豆子立马眼巴巴看着舒相宜:"姐姐姐姐,你就劝劝时歇哥吧。"

他哭丧着脸:"这里的小孩都欺负我,还说我没有爹娘教养,所以我才动手打他们的,根本不是我的错。镇子里只有时歇哥真心待我好,给我钱还给我吃的,若是时歇哥都不要我了,那我就只能拉根绳子悬梁自尽啦!"

舒相宜本就心疼他,觉得他和博物馆里的菜苗有些相像,此刻见他委屈的样子更是心软:"好了好了,只要你乖一点,我们就带你一起。"

小豆子脸上一喜,不等宋时歇反应,便一骨碌钻进了马车,嘴里甜甜喊着:"姐姐你真好,真是我的亲姐姐!"

舒相宜哭笑不得。

可能是太累了，也可能是全然信任宋时歇，刚一躺下，小豆子便睡着了。

舒相宜替他盖上毯子，一扭头便见宋时歇也凝望着小豆子，他唇边挂着一抹很浅的笑，他是打心眼里把小豆子当成自己弟弟来疼的。

抬眼见舒相宜目不转睛地看着自己，他轻声道："你帮了他，他以后定然会听你的话。"

舒相宜有意戳穿他："所以，你是故意让他感激我的？"

宋时歇蓦地一笑，他眼眸半眯起，戏谑的意味加深："想什么呢，我只是怕麻烦。"

舒相宜依然笑眯眯地注视着他，她才不信他的解释。

宋时歇以手抵唇轻咳一声，他避开她的眼神，坐了出去。他再度扬起缰绳："总之，他性子顽劣，不好管教，以后就交给你了。"

虽然遮风避雨，但马车极其颠簸，想在这种环境中入睡，实在有些为难舒相宜。

舒相宜慢慢蜷缩着身子躺在了小豆子的旁边，说实话，带上了小豆子，她反倒松了口气。

若是一路上只有她和宋时歇独处，落在旁人眼中，保不准觉得他们是一对私奔的情人，多带一个人，那感觉就不一样了，说不定旁人只会觉得他们是三兄妹之类的……

想着想着，她慢慢睡了过去。

第七章

这家客栈有问题

醒来时,天色大亮。

舒相宜一走出马车,便见宋时歇在不远处的茶棚问路——

"大爷,请问王都的方向怎么走?"

头发花白的老大爷笑呵呵道:"你们要去王都,是去见公子缺吗?"

舒相宜走过来,好奇道:"是,您是怎么知道的?"

老大爷摸摸胡子,爽朗地笑道:"近日公子缺府上正在招募幕僚,不少有识之士纷纷前往。你们这个时候去王都,除了是应聘幕僚的,还能是什么?"

宋时歇展眉一笑,不置可否。

老大爷给他们指了路:"顺着左边这条路往南走,途经摘星城,再走个十几里路就到了。"

宋时歇说："多谢您。"

"不用客气，这几日启程去往王都的人不少，大家都携带着金银钱财，导致路上盗贼越发猖獗，你们可得小心。"

"是，我们会多加注意的。"

老大爷无不艳羡："若我是你们这般年纪，定是也要去公子缺府上试上一试。不管能不能选上，能一睹公子缺的风采，也是极好的。"

顺着老大爷的指引，他们有惊无险地抵达了摘星城。

一路上，他们总能听到沿途百姓对百里缺的讨论。公子缺乐善好施，上个月组织好几个当地官员给穷苦百姓分发粮食和生活用品，年前还分发过冬银两。公子缺重视人才，有雄韬伟略之人到了他那儿都能大展拳脚，他大力推动学堂教育，让交不起学费的孩子也能读上书。

他做过的善事数不胜数，声势几乎要盖过君上百里临渊。

三人随便找了家酒楼吃饭，还能听到隔壁桌在高谈阔论——

一人道："公子缺什么都好，若说有一点不好，那就是……"

另一人追问："是什么？"

"他一直尚未娶妻。"

"你懂什么，公子缺岂是我等俗人能比拟的？他不重酒色子然一身，一心扑在国事上。"说着，那人朝半空恭敬地作揖，"有公子缺在，是我们绥国之幸。"

"嗨,我就随口一说,真不知道什么样的姑娘能得到公子缺的青睐。"

……

舒相宜一边吃饭,一边偷瞄说话的那几个人。

博物馆的嬷嬷提到过,百里缺是在新婚后第二日以身殉天的,她不由得也好奇起来,嫁给他的究竟是个什么样的人。

百里缺委实十全十美,人人都敬仰爱戴他,他不应该落得那样凄惨的结局。

舒相宜的表情落在宋时歇眼里,自然又是另一番意思。

见她发呆,他殷勤地夹了一筷子菜给她:"这个好吃,你尝尝。"

舒相宜眼睛仍然瞄着那头,看也不看他:"谢谢。"

半晌,宋时歇又主动夹了一筷子菜给她:"这道菜也不错。"

舒相宜埋头扒了一口,含混不清:"谢谢。"

菜一入口,她忽然反应过来——宋时歇这厮,今日怎么这么好心肠?

细心嚼了嚼,舒相宜脸色微变,她倏地把嘴里的全吐了出来,这才发现,他夹给她的不是配料就是不要的菜根。

舒相宜咬牙:"宋时歇,你故意的是不是?"

宋时歇不紧不慢地睨她一眼,皮笑肉不笑道:"只听说过秀色可餐,我还是头一回知道,'听'色也可餐。光是听一听公子缺的事,不论什么都能吃下去。"

围观了全程的小豆子乐不可支："相宜姐,你吃了这么久才发现啊,我还以为你真喜欢吃菜根呢。"

宋时歇笑眯眯地对小豆子道："多吃菜根,对身体好,我这是关心你相宜姐。"

说着,他又夹了一筷子菜给她。

舒相宜白他一眼,把碗里的菜挑出来,不再理会他。

走出酒楼不远,舒相宜就被不远处的动静所吸引。

只见一个衣着单薄的女子跪在街头哭哭啼啼,她身前立着一块"卖身葬父"的牌子,她身后白布盖着的想必就是她的父亲。不少人在附近围观,其中几个富贵子弟见她长得不错,跃跃欲试。

小豆子在街头巷尾混久了,一眼便看出这人是个骗子,不许舒相宜上前:"相宜姐你别过去,那人是装的,你小心点,可别被她赖上了。"

舒相宜奇道:"你怎么知道?"

小豆子努努嘴,笃定道:"你瞧,她那个爹,明显是活人假扮的。"

"你怎么看出来的?"

小豆子隐隐自豪:"那白布不透气,他呼吸久了,免不了将鼻子那一小块浸湿,这不就露出破绽了?他们这种人都是有组织的,等着有钱人将他们买走后,再偷偷溜出来,害人家人财两空。但他们还是道行太浅了。当初我们玩这招的时候,不盖白布,直接在脸上抹白粉,可唬人了。"

见舒相宜表情不对,他声音越来越小,最后索性吐吐舌头:"我保证以后不干这事了。"

舒相宜学着宋时歇的样子摸摸他头发:"知道就好。"

成功拦住了舒相宜,却没能拦住宋时歇。

宋时歇走过去,在那女子身前站定。舒相宜知道宋时歇为人仗义,正要上前劝他不要受骗,不料那女子在看清宋时歇的脸后,眼睛一亮,连连在他跟前磕头。

她脱口而出:"公子,公子救我。"

宋时歇在她身前蹲下,目光落在她伤痕累累的手臂上,温声道:"你想我如何救你?"

这女子干这行干久了,自然练就了一双毒辣的眼。面前的公子虽然衣着普通,但长得好看,又平易近人,与她常见的仗着有钱就趾高气扬之辈截然不同。她不由得心跳加速,颤声道:"只要公子肯花二十两银子,让妾身安葬父亲,妾身便是公子的人了。"

宋时歇漫不经心地颔首,站起了身:"噢,安葬可不需要二十两银子。"

看出宋时歇打算离开,那女子心里一慌,扑倒在宋时歇跟前,她悄悄瞥一眼旁边,见没人看守,轻声道:"公子求求你,若是你能……你能……妾身一分钱也不要！妾身只求能在公子身前侍奉！"

宋时歇微怔。

小豆子气恼不已："这人怎么回事，还想缠着时歇哥不成？看我不去戳穿她！"

舒相宜闻言愣了愣，回过神后幸灾乐祸地拉着小豆子退后几步，不管闲事，作壁上观。

宋时歇余光里正好看见舒相宜的动作，他何尝不明她的意思，他弯唇一笑，一把将她拉过来，同时冲那女子歉疚道："抱歉。"

他指了指舒相宜，正色："这位，是我家娘子。"

对面那女子愣住，舒相宜也愣住了。

只有小豆子心满意足。

见他把自己拖下水，舒相宜一肘子戳向宋时歇的侧腰。宋时歇没有躲，顺势做出吃痛的表情，他皱起眉无奈道："你瞧，惹恼了我家娘子就是这样的下场。"

他偷偷朝舒相宜眨眨眼，话语带笑："好了乖，别生气了，我答应过你，不会纳妾的。"

舒相宜："……"

他竟把她当成小孩子一般哄。

小豆子与宋时歇一唱一和，不识趣地冲舒相宜喊："娘，你就别生气了,爹只要你一个。"

舒相宜:"……"

平白无故就多了一个这么大的儿子,她简直有苦难言。

那女子勉强回过神来:"妾身……妾身不求成为公子枕边人,能当个侍女便已经很好了。"

宋时歇将那女子扶了起来,当真给了她二十两银子,用只有他们两个能听到的声音说道:"把钱拿去交差。"

那女子愣住。

宋时歇温温和和地注视着她:"以后别再骗人了。"

然后转身离去。

走出十多步远,舒相宜有些反应不过来:"你就这么把钱给她了?"

宋时歇应:"是。"

舒相宜神情变得复杂起来,他不说她也知道,二十两银子对他来说无疑是笔巨款,他攒了很久的钱,为的就是去王都。一路上他们都省吃俭用,没想到他说给就给别人了。

自知自己没有权利质疑他处理私有钱财的方式,而且他带自己一路前行,已经是帮了很大忙了。舒相宜暗暗下了决心,到了王都后,一定要想办法靠自己的能力赚钱,还他的人情。

倒是小豆子气得直跳脚:"时歇哥,你被骗了!她是骗子!"

宋时歇淡笑："我知道。"

小豆子扭头看那女子还在发愣，更加气恼："看我等会儿不去把它偷回来。"

舒相宜回想起刚才宋时歇说的话，白他一眼："说起来，我哪里生气了？"

"不生气还动手打人？"宋时歇捂住刚才被她戳中的地方，笑弯了眉眼，"女孩子，不要这么暴力。"

舒相宜撇了撇嘴："明明是你乱说话在先。"

他抬眉："我乱说什么了？"

"说我是你娘子……"

话一出口，她对上宋时歇戏谑的眼，不由得脸一红。

她暗骂自己不争气，他不过是言语间逗她而已，作为一个开放的现代人，什么世面没见过！到底有什么好害羞的！

"总之，别胡说八道。"

宋时歇言之凿凿："若是我招惹了不必要的桃花，岂不是耽误我们的行程？"他笑意加深，"所以，伪装成夫妻是最好的法子。"

舒相宜顿时无话可说。

行吧，虽然宋时歇经常说话不正经，不知道他哪句是真哪句是假，但他剑眉星目样貌俊朗，人又好相处，实在是很讨女孩子喜欢。再加上他不抽烟不喝酒不赌博，上得厅堂下得厨房，放到现代，那就是极其稀有的"五好青年"。

这么一想，她好像……也不是很吃亏。

天色渐晚，摘星城大部分客栈人满为患，尚还有房的那几家，价格贵到不可思议。

三人站在一家名为"落梅"的客栈门口，微微出神。

小豆子糙惯了，不明白为什么非要找客栈，仰头对宋时歇说："时歇哥，咱们找个破庙凑合一晚就行了。"

宋时歇没答话。

这几日为了赶路，舟车劳顿，舒相宜和小豆子困了累了只能歇在马车里，至于宋时歇休息的时间就更少了。

舒相宜实在嫌弃自己接连几日没有洗漱，可一想到昂贵的价格，她咬了咬牙，不想因为自己的关系让宋时歇为难，主动说："实在不行咱们就去破庙吧。小豆子说得对，凑合凑合就行，反正明天就能抵达王都了，我们到了那儿再好好休息。"

宋时歇笑睨她一眼，揉揉小豆子的脑袋，语重心长道："咱们睡破庙倒是无所谓，可相宜姐是女孩子，不能睡破庙。"

小豆子恍然大悟，扭过头冲舒相宜挤眉弄眼道："原来时歇哥是关心姐姐，那小豆子也关心相宜姐，咱们去住客栈好了。"

这几日相处下来，舒相宜一直很照顾小豆子，真的把他当成亲弟弟看待，怕他睡得不舒服，磕着碰着，将毛毯全部垫在他身下。

小豆子则因为之前宋时歇那番话，觉得连时歇哥都要事事过问她的意见，舒相宜必是此行的老大，自然在她面前表现得乖巧懂事。

宋时歇果然迈步往那家客栈走去。

舒相宜脸一热，赶紧拦住他："你的钱住得起这里？"

他坦然道："所剩的银两正好够住一晚。"

舒相宜更加歉疚，避开小豆子，扯着他的袖子走远几步，压低声音道："咱们到了王都还得找地方住，你不必为了我破费，把钱全花在这里。再说了，咱们也不是非住这家不可。"

他微微一顿，偏头看着她轻笑："哄小孩的话你也信？"

他挑眉："好不容易进了城，我当然要好好休息。"

舒相宜眼睁睁地看着宋时歇走了进去。

这家落梅客栈贵有贵的道理，房间装潢精致，实在没有什么可挑剔的。

看了一圈后，宋时歇眉头皱起："环境虽然勉强不错，但楼下便是早市，清晨未免过于吵闹。"

招待他们的管事见他们几个穿着朴素，很是不屑一顾："住得起就住,住不起就走人,大把的人想住。"

宋时歇冷冷斜了他一眼:"看来这里也不过如此,价格低廉倒是可以理解了。"

管事的瞪大眼睛,价格低廉?

宋时歇侧过头吩咐一旁的舒相宜:"你再去找一找,看看摘星城还有没有更贵的地方,刚才我们经过的那家好像就挺不错?"

舒相宜哭笑不得,刚才不是说好的假扮夫妻吗?怎么这会儿她又成侍女了?

但她还是顺着宋时歇的话应道:"是,公子。"

一个小侍从上前冲管事的耳语了句什么,管事的脸色一凛,细细打量身前的宋时歇。他虽然打扮得不怎么样,但样貌不凡,神情倨傲,在街头居然一出手就是二十两银子,还真像是某个微服出行的富贵子弟。他旁边的女子包袱不离手,也不知道里面装着些什么贵重物品。

可能还真是个钱多了没处花的主儿。

这么想着,管事的不由得热情了几分:"您若是嫌这间房吵闹,我们这儿还有几间更好的,保证您满意。"

几间房看下来,宋时歇不是嫌被褥不够柔软,就是嫌弃房间太潮,怎么看都不满意。他越是这样,管事的越是不想轻易错过大款。

管事的一咬牙:"这样吧,天色不早了,您再出去找别的客栈未免麻烦,我们给您房费全免,就当交个朋友,如何?"

待管事的走后,舒相宜忍不住挤对他:"看不出,你坑蒙拐骗倒是很有一套。"

宋时歇坦然应道:"我不想住,他非要留我,我有什么办法?"

舒相宜腹诽,典型的得了便宜还卖乖。

宋时歇注意到她的表情,含笑低声道:"你觉得,他是为什么想留我?"

酒水送入房间,小豆子正要开动,舒相宜却凝重地拍开他的手。

"现在不行。"

"为什么不能喝?"小豆子很不满,他刚才一直在外面守着马车,早就渴得不行了。

宋时歇似笑非笑地拿眼瞅她。

舒相宜拿起酒壶,这里捏一捏,那里转一转,琢磨了好一会儿。听宋时歇刚才那意思,这家客栈十有八九有古怪。也不知道她碰到了哪里,随着"啪嗒"一声轻响,果然被她发现了一个隐藏的小机关。

她心里一喜,而后警惕道:"这还真是家黑店。"

宋时歇捏起茶盏端详:"若非黑店,我还不一定住呢。"

舒相宜疑惑:"你……"

宋时歇依然很淡定:"住宿费再贵,他们能挣几个钱?留下我们,无非是想从我们身上捞一笔更大的。"

小豆子接过话茬:"他们难道是想绑架我们?"他扑哧笑出声,"我们哪有钱让他们捞?"

宋时歇摇头:"摘星城离王都很近,绑架客人应该不至于。"

舒相宜推测:"是想下药将我们灌倒,然后行窃?"

"唔,"宋时歇半眯起眼,高深莫测道,"应该没有这么简单。"

她细问,他却不肯答。

舒相宜更加好奇,不知道他葫芦里在卖什么药。

夜色渐深。

想着白天的情况,舒相宜怎么也睡不着,索性披着外衣爬了起来,她轻轻敲宋时歇房间的门,门并没有关。

一踏进房间,便见宋时歇独自一人坐在桌前,以手抵额,凝望着窗外出神,他也没有睡。至于小豆子,在半个时辰前听了宋时歇的吩咐后便出门了,到现在都没回来。

"嘘!"

宋时歇朝她做了一个噤声的动作。

舒相宜不明就里,在他旁边坐下。

"怎么了?"她轻声问道。

宋时歇指了指窗外:"你听。"

舒相宜皱眉:"听什么?"

她凝神细听,终于从静谧中听到了一丝不同寻常的声音,那声音断断续续的,有女人的抽泣声,还有男人的粗喘声。

她忍不住睁大了眼睛,明白了过来。

不是……敢情宋时歇大晚上不睡觉,就是在听人家墙脚?他自己听也就算了,干吗还让她一块听?

她尴尬地瞥一眼宋时歇,他并未如她想象的一样,故意冲她戏谑地笑,而是微微蹙着眉头,陷入沉思。

幽幽月光下,两人相对无言。

好在,那边的声音很快结束。

舒相宜松了口气,不好意思问刚才为什么要偷听,她踌躇了一会儿后,想起自己过来的目的,打破沉寂:"我来王都,其实和你一样,也是想见百里缺。"

宋时歇顿了顿回过神来,偏头淡笑:"我知道。"

他见她每次听到别人谈论百里缺都很有兴趣,不可能猜不着她此行的目的。

"我不是想当幕僚,我可没这个本事,但我有一件非常重要的事情,想要告诉他。"舒相宜并没有说得很具体,"虽然……我不知道我这样做会造成什么样的结局,是好是坏,又或者到头来只是无用功,但还是想要拼尽全力试一试。"

将压在心头的烦恼倾诉而出,她反倒舒了口气。

她不习惯在别人面前坦露自己的内心情绪,但在这个人面前,总是有很多例外发生。或许是他总是不问原因地无条件帮助她,所以她情不自禁,就想要信任他。

信任一个和她相隔两千多年的人。

舒相宜有些不好意思:"我很可笑吧?"

宋时歇一直很认真地看着她:"坚持自己的内心,没什么可笑的,你很勇敢。"

"你说这里有古怪,却不肯告诉我原因,"她玩笑道,"我可不能在见到公子缺之前,出师未捷身先死了。"

"出师未捷身先死。"宋时歇默默重复了一遍,眼底兴致更浓,"你总是有很多这样的话。"

"我文采卓绝,不行吗?"

"行,那你说说看——"宋时歇随手拿起不远处书柜的简牍,摊开来,"这几个字怎么念?"

这个时期的官方文字是小篆,笔画结构复杂,她连猜带蒙才能念出几个来,巧了,宋时歇指的这几个字她蒙都蒙不出来。

她心中窘迫,面上却不愿表露出来:"我不告诉你。"

见她口头逞强,宋时歇点头:"哦,那就是不知道了。"

她固执道:"我知道!"

"你知道?那你说说看。"

"我不想说。"

他笑:"好了,我知道了。"

她急于解释:"我是认字的。"

"唔,只是我们这儿的文字和你们那的不太一样,是不是?"

舒相宜愣愣看着他:"是……"

他的接受能力令她惊讶,若是有朝一日自己告诉他,她是从两千多年前的未来穿越过来的,想必他都会全然相信吧。

宋时歇若有所思地低笑一声:"很多事,你看起来似乎很有经验,实际上却毫无经验,实在很令我奇怪。"

比如,她看不出也尝不出酒里下了药,却知道摸索机关。

舒相宜默然,她总不能告诉他,她的经验都是从古装剧里学来的吧。

"你身上有很多谜。"

舒相宜无法否认,只是定定看着他:"我没有恶意。"

宋时歇笑了,不置可否。

他盯着她看了一会儿,忽然抓住她的手,将她的手心摊开。

他一笔一画在她掌心里写了些什么。半响,他抬眼望着她:"这是我的名字。"

摇曳的烛光下,舒相宜怔怔看着他,只觉掌心酥麻,被他握住的地方微微发烫。

"好了。"宋时歇松开她的手,将自己的掌心摊开,浅褐色的眼眸微微弯起,"现在你来写一遍。"

舒相宜:"……"

她刚才根本没注意他在写什么。

宋时歇笑了,他再度牵起她的手,耐心地写了一遍又一遍:"宋——时——歇。"

这次舒相宜认认真真看着他的笔画顺序,"宋"字和简体字差异不大,"时歇"这两个字却很复杂。

看了好几遍后,她终于点头:"嗯,记住了。"

宋时歇却忽然顿住了。

她不会绾头发,白日里都是用发带简单束起,夜晚就会放下来。此刻,窗外微风轻轻拂开她披散的长发,轻轻柔柔地划过他唇畔,带着独属于她的清香。

他这才发觉,她因为专注,与他靠得很近,呼吸交缠。

见他半晌不说话,舒相宜疑惑地抬头:"怎么了?"

他收回目光:"没什么。"

他抓紧她的手，低头又写"这是你的名字，你记住了，舒——相——宜。"

舒相宜总结："舒相宜倒是比宋时歇简单很多——呃，我是指名字。"

宋时歇笑了。

就着烛光，他一笔一画，嗓音低缓轻柔："宋时歇，舒相宜。"

第八章

做好事不留名?

外面传来轻微的脚步声。

宋时歇笑容一敛,眼神陡然一变:"唔,来了。"

他抬腕将桌上没有动过的酒壶推倒,熄了蜡烛,站起来一个旋身,拉着舒相宜躲在了角落。

见门没有落锁,外面的人犹豫了一下,还是轻手轻脚推开门。见床上空荡荡的,那人"咦"了一声:"人怎么不在?"

他又走到桌边闻了闻酒盏,确认这酒被动过,他自语道:"明明喝了啊,难道去隔壁找那个姑娘了?"

舒相宜微微一怔,抬头看宋时歇的表情,宋时歇也垂着眼笑看着她。

她脸微红,一下子反应过来,那酒里下了什么。

那人冷哼一声:"也罢。"

他窸窸窣窣动作了一番,掩上门出去了。

待那人离开后,宋时歇走出暗处,飞快地把一个杯子从窗外丢了出去。

舒相宜惊魂未定:"他们为什么要下这个药……你丢杯子干什么?"

他答:"给小豆子的信号。"

"小豆子在下面?"

"不出意外,他和官府的人都在。"

他话音刚落,楼下果然传来喧哗之声。

舒相宜佩服他有先见之明:"你让小豆子怎么和官府的人说的?偷窃?官府会管偷窃吗?"

她燃起桌上的蜡烛,余光一扫,却见宋时歇的床上赫然躺着一个面挂泪珠、衣着单薄的姑娘。

她吓了一大跳。

宋时歇唇边溢出一抹很冷的笑:"人口拐卖。"

"他们这里做的是见不得人的皮肉生意。你刚才也听到了,他们直接下药灌倒客人,再摸黑将姑娘送进来,客人一般半推半就便接受了。"

舒相宜把衣服盖在那个姑娘身上,忍不住皱眉:"若是客人不愿意呢?"

"即便不愿意,白天他们过来找麻烦,倘若有一千张嘴都解释不清,只能老老实实付钱,任由他们敲诈。"

"要是碰上达官贵人,他们也敢这样勒索?"

"越是达官显贵越不愿意败坏自己的名声,只能私了。再说了,达官显贵正是这些地方的常客,这里坑的都是来来往往的旅人,还有不少是打算去往公子缺府上应聘幕僚之人。这类人即便拒绝寻欢作乐,也不会愿意闹大了,闹出丑闻来,丢了面子。"

而且,在下了药的情况下,客人不愿意的可能性极少。

舒相宜又心疼又气愤:"这就是个秘而不宣的死循环,他们未免太猖狂了。"

宋时歇思忖:"公子缺管得了明处,管不了暗处。灯下黑的道理,人人都明白,想必这样的地方不止这一家。"

"那你就不怕,这里与官府有勾结?"

宋时歇挑眉:"即便暗地里勾结,至少明面上有人举报,他们不敢不管,公子缺不会允许这样的事情出现。"

舒相宜了然:"可谓,成也王都脚下,败也王都脚下。"

宋时歇付之一笑:"只需要有人捅出去罢了。"

舒相宜还是很奇怪:"说回来,你到底是怎么知道,他们这里拐卖姑娘的?"

宋时歇领着舒相宜走下楼。

一楼果然聚集着十多个被官兵解救出来的姑娘和孩童，其中一个看清宋时歇，倏地上前几步，跪倒在他面前："多谢公子救命之恩！"

竟然是白天那个"卖身葬父"的女子。

舒相宜顿时了然："难怪那个管事的会相信你是有钱人，想来他们只知道你出手阔绰，不知道其实你一出手就把家底掏空了。"

宋时歇把那个女子扶起来，温声道："不用客气，我没做什么。"

"我知道一定是公子从中协助，"她白着脸楚楚可怜，"若不是公子，我还不知道要在这水深火热之中待多久。"

宋时歇微微一笑。

那女子抬起眼眸期待地望着宋时歇："既然公子已经付了二十两银子，那妾身便是公子的人了，理应在公子身边……"

舒相宜隐隐猜测到她要说什么，心中有些吃味，不欲再听，转身走了出去。

小豆子牵着马给它喂草，一边喂一边自顾自冲它说话。刚才指挥着一众官兵捉拿坏人，他很是得意扬扬。

看到舒相宜走出来，他阔气地把怀里趁乱摸来的一壶好酒递给舒相宜："相宜姐，喝酒！这是没下过药的！"

舒相宜顺势没收了那壶酒："小孩子别喝酒。"

小豆子不服气:"我才不是小孩子!"

舒相宜看他不知道又在哪里搞得浑身脏兮兮的,心软了软,蹲下来拿出帕子帮他擦了擦脸,又将他的手指擦干净:"你在跟马说什么呢?"

小豆子咧嘴笑了笑,眼睛眯成了一条缝:"相宜姐,我想好了,我以后想当大将军!"

"大将军?"

"对!当一个顶天立地的大将军,在前线冲锋陷阵,保护你保护时歇哥,守卫我们绥国!"

舒相宜怔了怔,还是忍不住说:"可是在前线很危险的,稍不小心就可能丢了性命。"

小豆子想了想:"我想保护你和时歇哥呀,你们就是我最亲的人。"

舒相宜笑着摸了摸他的脑袋:"保护的方式有很多种,不一定要用性命。"

小豆子还是坚持着不肯放弃:"我还想要绥国人人都记得我的名字!"他不知想到什么,兀自大笑,"我要人人都叫我一声'小豆子将军',多威风啊!"

舒相宜打趣道:"你要学学你时歇哥哥,做好事不留名,报官都报得很低调。"

小豆子撇嘴:"他哪有不留名了,我出发前他还特意叮嘱我,让我和官府的人说清楚,报案人是宋时歇。"

他扬了扬挂在腰上的钱袋:"喏,官府还赏赐了好多银两。"

舒相宜忍俊不禁。

身后传来一声笑:"在说我什么坏话呢?"

小豆子忙不迭搭话:"相宜姐夸你做好事不留名呢。"

宋时歇淡笑:"唔,是该不留名,咱们等会儿就离开这里。"

舒相宜站起身看着他。是,事情办完了,是该走了。

她问:"待会儿就走?你打算带着她吗?她似乎很想跟着你。"

宋时歇自然明白舒相宜口中的"她"是谁。

他反问:"你愿意我带着她吗?"

舒相宜不明白他为什么老把问题抛回给自己,心里没由来地有些气闷,扭头便走:"随便你咯。"

小豆子一会儿看看这个,一会儿看看那个,识趣地笑:"我把马牵回去,在马车那儿等你们。"

等小豆子跑远后,舒相宜忍不住问:"你是怎么知道这家客栈有问题的?"

宋时歇耐心解释给她听:"在来到摘星城之前,我便听闻附近村落偶尔会有妇女儿童失踪的案例,但因为失踪的多是些无父无母的穷苦人家的孩子,所以官府并未过多在意。这回在摘星城街头看到那个女子手臂布满伤痕,并且她时不时注意周围之人的眼色……"

他觉得不对劲,有意无意间顺藤摸瓜跟住了其中一个盯梢之人,亲眼看着那人进入了落梅客栈。

舒相宜说:"所以你便怀疑这里是家拐卖妇女儿童的黑店?"

宋时歇颔首,神情越发凝重。

本以为只是一家拐卖妇女儿童的黑店,没想到夜深人静之际又听到了女子的抽泣声,事情远远比想象的要更加严重。

宋时歇慢慢跟在舒相宜身后走:"我刚才和她们聊了一会儿。这些姑娘,很早就远离家乡,她们性子软弱只能任其打骂,被迫出卖身体,被迫在街头行骗。"

舒相宜默了默。

"刚才那位姑娘'卖身葬父'过好几次,有一次被之前的买主认出来,将她打得奄奄一息。她想一死了之,可客栈的人还是将她救活,让她继续行骗。"

舒相宜放软声音道:"我知道你是在做好事。"

宋时歇对每一个素昧平生之人都毫无保留地施以援手,所以他们才会信任他依赖他,他是如此坦荡的一个人。

宋时歇笑了:"她们的确可怜,"他话锋一转,"可跟着我委实算不上什么好出路。"

舒相宜顿住脚步。

"首先呢,我不会自作主张多带一个人,若是真要带,必然要先过问你的意思;其次——"宋时歇笑意渐浓,眼眸深深望着她,"相宜,你要知道,不是随随便便什么人都能跟在我身边的。"

舒相宜微怔,一时说不出话来。

跟在他身边的人,可不就是她?

她一直以为,宋时歇没有选择,他善良热心,一味地付出和接受。

却没想过,他其实是有选择的。

他选择了她。

经历了不少波折,一路风尘仆仆,他们终于抵达王都。

王都热闹非凡,根本不是摘星城、破月镇可以比拟的。它的繁荣令舒相宜赞叹,越是在这里生活,她越是不愿看到这里的美好被毁于一旦。

顺着路人的指引,他们好不容易找到百里缺在宫外建的府邸,隔着老远就看到门外人头攒动,排着很长的队伍。

公子缺公务繁忙,每天只能抽半个时辰过来小坐,这意味着每天只能面见少数几个人。所以每天天还没亮就有人来抢占前面的位置,若是老老实实排队等候,不知道何年何月才能见到百里缺。

宋时歇并不着急,进了最近的茶楼坐下。

"你就打算在这儿等?"

宋时歇不急不缓地品茶："急也没有用。"

舒相宜暗示："你就没有别的速成的办法吗？"

宋时歇抬眼扫她，压低声音道："我是来正经应聘的，若是像夜闯镇长府一样闯进去，只怕会被抓起来。"

舒相宜只好放弃劝他。

看他不急，她却心里越发着急。

到了府门口，却见不着人，算怎么回事？她早已知晓的一切随时会来，她不能一直耽搁下去。

求人不如求己，舒相宜默默看着熙熙攘攘的人群，不由得心生一计。

《还珠格格》里紫薇使过这样一招。

她看到小燕子坐在轿子里，被封为还珠格格后，大声呼喊，因此引起了御前侍卫福尔康的注意，顺利入了宫。

除了《还珠格格》外，还有不少影视剧都是通过拦轿叫冤的方式引起大人物注意的，像百里缺这种忧国忧民的大人物，面对百姓叫冤，肯定不会坐视不管。

想到这里，舒相宜冲小豆子耳语了一番，小豆子心领神会，一下子跑没影了。

宋时歇不由得挑眉："你对他说了什么？"

舒相宜神神秘秘："等会儿你就知道了。"

等了大半个时辰，门外众人纷纷散开，百里缺的马车缓缓驶了出来，层层护卫守在四周。

马车正要离开这条街道之时，好几个百姓冲了出来，他们大声呼喊着："小民有冤，还请公子缺做主！"

"还请公子缺做主！"

果不其然，马车附近微微骚动。

领头的将领呵斥道："莫要大声喧哗！"

其中一个百姓道："我们有冤屈在身，公子缺定不会坐视不理的！"

"对！公子缺不会对我们坐视不理的！"

领头的将领犹豫了一下，果然放缓了语气："公子缺自然不会坐视不管，只是，公子缺并不在马车里。你们有冤屈，去找官府便是，官府的人一定会替公子缺给你们做主的。"

那几个百姓面面相觑，只好作罢。

舒相宜往远处张望，这才注意到，府内又驶出了两辆和刚才这辆一模一样的马车，朝不同的方向而去，想必根本没注意到这边的动静。

她顿时丧气，上位者出行果然谨慎。

坐在二楼的宋时歇将一切尽收眼底，他似笑非笑地瞥对面的舒相宜："这就是你的法子？"

舒相宜无奈地点头。

宋时歇饶有兴致地撑着头问她："那你说说看，若是他们真见着公子缺了，该如何诉说这'冤屈'？"

舒相宜说："我让小豆子去找的人，自然是本身就有冤屈在身的。"

小豆子给那几个百姓发了工钱后上楼，理直气壮道："我特意在街上问了的，找的都是实打实有冤在身的人！比如那个年纪最大的大叔，他家养的两只鸡被偷了，第二天邻居家就多了两只鸡。他气不过，就去报官，说邻居偷了他两只鸡，没想到邻居直接把那两只鸡给炖了，没有证据，官府只好将他劝了回去，他觉得一定是他的邻居买通了官府。还有那个大婶，她……"

舒相宜扶额，还好公子缺不在，若是让他听到这些鸡毛蒜皮的小事，恐怕更没机会见她了。

宋时歇毫不客气地嘲笑："还好他们没有当众将自己的冤屈说出来，不然恐怕你只能找条地缝钻进去了。"

他越这样说，舒相宜越不想放弃。

硬的不行，就来软的；一计不成，还有第二计。

次日清晨，舒相宜领着精心打扮过的小豆子再度来到公子府，他们在后门溜达来溜达去，不停地往里面张望，理所当然地被拦住问话。

后门的守卫铁青着脸问："你们是何人，胆敢擅闯公子府？"

舒相宜把小豆子护在身后,在他们动手驱逐之前,赶紧道:"我们没想擅闯,就打算在外面看一看……是这样的,两位大哥,他是我的弟弟,我们从小相依为命,在年前的时候,我可怜的弟弟被发现身患恶疾,大夫说不日就……"

舒相宜幽幽叹了口气,她好不容易鼓起勇气豁出去,还把自己毕生的演技都拿了出来。

在21世纪,国外的大牌明星经常去看望病危儿童。她还从新闻上看到过,某某身患绝症的小孩崇拜某某明星,离世之前唯一的愿望就是见一见该明星,这样的情况下,明星一般都会满足小孩的心愿。

21世纪的明星是这样,2000年前的百里缺肯定不会铁石心肠。

守卫皱起眉,不好对无辜之人动手,将手中武器一收:"你家弟弟多大年纪了?"

"八岁。"

小豆子张了张口,想说些什么,又生生忍住,作势虚弱地咳嗽了几声。

两个守卫对视一眼:"才八岁……天可怜见的。"

舒相宜继续道:"公子缺是这孩子心目中的大英雄,我们知道公子缺忧心国事、公务繁忙,不敢叨扰,只是,这孩子此生唯一的愿望就是亲眼见一见公子缺。"

她神情黯然:"也不知道他此生能不能圆梦……"

小豆子坑蒙拐骗会得不少,第一次知道,原来还能卖惨。

他很快入道,将早早准备好的沾了鸡血的手帕拿出来,一边捂着嘴咳嗽一边委屈巴巴地问:"人人都说公子缺心地善良爱民如子。姐姐,我到底能不能见到他呀?"

舒相宜蹲下来劝道:"小豆子,即便见不到公子缺,你也要理解,他做的都是有利于我们绥国发展的大好事。你答应姐姐,不管能不能见到,你都要好好活着。"

守卫想必是第一次碰上这样的情况,为难了一会儿后开口:"公子缺自然是爱民如子的。"

果然有戏。

小豆子乘胜追击:"那我能见到公子缺吗?"

"这样,我进去请示一下总管大人,你们在此处等候。"

舒相宜一喜:"多谢守卫大哥。"

其中一个守卫进去请示,舒相宜便领着小豆子在一旁等候。

小豆子憋不住开口:"姐姐,我都快十三岁了。"

他营养不良、个头矮小、身材瘦弱,若是不说,她真以为他只有八九岁。

舒相宜拍拍他的头,脸不红心不跳:"哎呀,八岁和十三岁也差不多嘛。"

肯定是和宋时歇在一块待久了,她被宋时歇带坏,也会厚脸皮那一套了。

小豆子不满:"哪里差不多了,我分明已经是个大人了。"

等了片刻,那守卫快步走了出来。

舒相宜迎上去:"如何?"

守卫的脸上带着笑,终于近距离见到百里缺,他兴奋不已:"总管大人亲自领着我去请示了公子缺。公子缺向来爱民护民,他说绥国的将来是由无数个平民百姓的微小愿望组成的,他自然不会忽视。"

舒相宜耐下心来听他啰唆:"所以结果是?"

"公子缺说,可以一见。"

看着舒相宜和小豆子拖着步子慢慢走回来。

不远处立在树下抱胸等候的宋时歇迎了上去,他忍俊不禁:"你哪来这么多稀奇古怪的招?"

舒相宜有些沮丧:"别提了。"

"公子缺不肯见?"

舒相宜摇头:"公子缺答应了。"

宋时歇好笑:"那你们还愁眉苦脸的?"

小豆子学着那个守卫的口吻:"下下个月十五日,公子缺可以腾出时间来与你们见面,你们那个时候再过来吧!"

宋时歇愣怔,然后扑哧笑出声来。

舒相宜老老实实地任由他笑话自己:"下下个月才能见面,这也太久了……"

她无奈承认:"你说得对,没有速成的办法,是我操之过急了。"

宋时歇笑眯眯地推着她走:"欲速则不达,既然办法没有用,不如好好休整,等机会主动找上门来。"

舒相宜郁闷:"怎么可能会有机会主动上门来啊?"

……

谁也没发觉,刚才给舒相宜送话的守卫正好瞧见刚才这一幕,他又惊又疑,在原地困惑了好一会儿,又急急走了进去。

7日转眼便过去了,舒相宜和上次一样,在博物馆雕塑展厅醒来。

她去洗手间换了一身衣服,然后把这几日沿途画的风景还有几张偷偷画的宋时歇整理在一块,放入背包里,打算将其妥当地收在家里。

她心事重重,还在思索着如何才能尽快见到百里缺,走到一楼大厅,她转念一想,转身朝郁都的办公室走去。

郁都正好抱着一大摞红布走出来,他凡事都喜欢亲力亲为。

"郁馆长。"舒相宜走上前去。

"舒姑娘?"

郁都自然地和她打招呼:"过来搭把手。"

舒相宜接过他怀里一卷红布:"您这是在干什么?"

"今日会有市里的领导过来视察,馆里总得挂几个条幅表示表示。"

舒相宜了然。

他们一同上了三楼,舒相宜帮着郁都挂条幅,多一个人帮忙,果然事半功倍。

想了想,她开门见山地问:"您了解绥国的公子缺吗?就是雕塑展厅里最高大的那座雕塑?"

郁都静了静,然后笑道:"怎么突然问起这个?"

舒相宜笑了笑:"昨夜无聊,特意把整个馆参观了一遍。"

郁都细细打量她:"可我记得,雕塑旁并没有标记名字。"

舒相宜很镇定:"您之前讲解的时候不是提到过绥国公子缺以身殉天的故事吗?那些雕塑都是那个时期出土的,我是根据您的讲解,合理推测的。"

郁都并未追问,淡笑:"你倒是心思细腻。"

终于混了过去,舒相宜松口气。

"你想知道什么?"

舒相宜将条幅牢牢固定在栏杆上:"我想知道,百里缺是怎样一个人,有没有什么特殊的喜好。打个比方,如果身处那个朝代,有什么途经可以见到百里缺吗?"

  作为感谢,郁都邀请舒相宜去喝咖啡吃早点。
  阳光透过落地窗洒了她满身,眼前的郁都姿态从容优雅,他不急不缓抿了一口咖啡,这才抬眼:"你为什么想知道百里缺的事?"
  "我知道他是个了不起的人物,还画了不少关于他的画像,所以想了解一点背后的故事。"
  郁都轻笑,微微弯起的眼睛里有细碎的光芒:"了不起的人物吗……"
  郁都沉思了一阵:"在古代,想见到位高权重之人并不是容易的事。"
  实践出真知,舒相宜深表认同:"我也觉得。"
  郁都气质随和,说起话来慢条斯理:"但就那个时代而言,绥国只是一个小国,人才匮乏。作为长子,百里缺理应肩负起拉拢人才的重任。但并不是每一个有才华的人都会主动找上门去,愿意找上门去的,可能大部分都是些追名逐利之辈。真正有才华的人可能淡泊名利不愿为官场所困,这个时候,便需要他主动去寻。"
  听他这么一分析,舒相宜脑海里隐隐约约冒出了几个场所,那些场所卧虎藏龙,说不定百里缺会在那些地方出没。

郁都继续道:"有才华之人,他定不会错过,比如幕僚谋士,比如风水方士,又比如……"他瞥她一眼。

"画师。"

舒相宜顿时茅塞顿开,她与其通过旁门左道去见他,不如大大方方用自己的优势吸引百里缺的注意。

郁都虽然没有具体告诉她关于百里缺的喜好——不过想想也是,作为现代人,他怎么可能知道那么多。但经由他短短的分析,便给了她很大启发,她忍不住赞叹:"您真是学识渊博。"

郁都短暂的愣怔后,心底溢出一丝微妙的情绪,他嘴角弯起弧度:"能帮到你就好。"

奔波了一整日,终于入夜。

舒相宜牢记自己的守夜工作,仔细巡查了一遍整个博物馆,确认无误后,她来到了雕塑展厅。

再度回到绥国之前,她找个地方坐下,与刚刚苏醒过来的菜苗聊了会儿天。

"菜苗,倘若公子缺当年没有殉天,你们也没有陪葬,你打算做什么?"

菜苗活动了一下身体,伸了个大大的懒腰,疑惑地看着她,不明白她为什么问这么奇怪的问题。

舒相宜换了一个问法:"你小的时候,对未来有什么期许吗?"

菜苗眨眨眼睛:"我小的时候?我现在不就是小时候吗?"

舒相宜被他逗笑了,刮了一下他的鼻头:"我是指更小的时候。"

他不好意思地笑了笑,眸光微微发亮:"有嬷嬷照顾我,我一直过得很开心。嬷嬷说过,不求荣华富贵,能一生平安顺遂就已经很好了。"

舒相宜搂住他的肩膀,听他童言无忌,再联想到他的悲惨命运,心头酸涩。

阿翠不知道从哪里冒出来,她揪住菜苗的耳朵,玩笑道:"意思就是,菜苗只想每天吃喝玩乐!"

菜苗脸一红,嚷道:"不……不行吗?吃喝玩乐有什么不好的?"

阿翠跑开:"好,当然好咯,然后再娶个漂亮媳妇是不是?"

"啊呀!阿翠姐姐,你给我住口!住口!"

……

舒相宜笑着看他们打闹,思绪飘远。

菜苗的愿望是一生平安顺遂。

小豆子的愿望是成为顶天立地的大将军。

他们都对未来抱着期许,他们的前途本该是一片光明的,不应该轻易被摧毁。

第九章

你失踪了三日

2000年前的绥国王都。

舒相宜在客栈房间现身,等那股眩晕缓解后,她换了衣服,舒舒服服躺进了被窝里,很快便睡了过去。

一个时辰后,她忽然醒了过来,意识到口渴,她起身倒了杯水喝,却忽然听见房外传来轻轻的咳嗽声。

宋时歇背对着她站在走廊里,晚风吹拂,他的长衫有些湿漉,沾着属于夜的露水。外面没有点灯,他就这样独自一个人安静地站在黑暗里,几乎要与黑夜融为一体。

这么晚了,他怎么会突然站在这里?是来找她的?

舒相宜有些迷茫,端着水杯喝也不是,不喝也不是,她试探性地轻声喊他:"你怎么了?"

他没反应。

"宋时歇?"

他好似终于回过神来,侧头看过来。

夜色中,宋时歇目光惊疑不定,似乎没料到她会突然出现,半晌又归于沉寂。

他唇线紧抿着,眉眼里罕见的没有笑意,他看起来很疲惫。

舒相宜一下子被他的表情震慑住,想了想还是打破沉默:"哎,你这深更半夜的,找我可是有事?"

"有事?"他低低重复。

半晌,他再度开口:"你去哪里了?"

舒相宜张了张口:"我……我一直在房间里睡觉啊。"

他淡道:"你失踪了三日。"

舒相宜顿时噤声。

三日……她暗自懊恼,她早该料到的,哪有那么好的事——每次从博物馆穿越过来都正好出现在消失的地方、时间上也无缝衔接。

"我……我就是有点事,所以出去了一趟。"她试图解释。

她自知对不住他,也无法解释清楚自己究竟为什么失踪,赶忙道歉:"对不起,我不是故意的。"

见他还是没有反应,她保证:"你相信我,我不会不辞而别的。"

话音刚落,他倏地伸出双臂拥住了她,他抱得很紧,紧到仿佛他不这样做,她下一瞬间就会再度消失不见。

他的声音很轻地落在她耳畔:"我相信你,但我同样担心你。"

这个拥抱来得猝不及防,舒相宜手指一抖身体僵硬了一瞬间,险些把手里水杯里的水洒出来,她手足无措不知道该如何应对这个拥抱。

静了静,她用另一只空着的手不熟练地回抱住他,手掌在他后背轻轻拍了拍:"好了好了,这里可是王都哎,君上住的地方,我能出什么事啊。"

宋时歇没有笑,他很低地叹息了一声:"下次若是有事要走,提前说一声,别再让人担心了。你可知道,这三日你害得……夜不能寐,一直在外面苦苦找你,为你担惊受怕,生怕你受委屈,又或者是遭遇不测……生死未卜。"

从来不知道,宋时歇居然会说这么温情的话,舒相宜嗓音不自觉变柔:"好,我保证,下次不会让你这么担心了。"

宋时歇继续道:"若是此刻还在外面找你的小豆子知道你回来了,不知道得开心成什么样。"

"……"

舒相宜一哽,这才知道自己会错了意。

宋时歇轻轻笑了一声,松开了这个怀抱。

他随着舒相宜踏入房内,神色已经恢复了一贯的淡定,仿佛刚才那一刹那的慌乱并不存在。

"你回来的时候有没有人跟着你?"

舒相宜回想了一下:"应该没有。"

宋时歇微微松口气:"那便好。"

"怎么了?"

"这几日,好像有人在盯着我。"

舒相宜皱起眉头:"难道是落梅客栈的人?是跟踪你吗?他们想找麻烦?"

宋时歇思忖了一阵,摇头:"应该不是,他们并没有跟随我,好像也没有恶意。"

舒相宜警惕地问:"你没有追过去吧?"

"当然没有。"

"既然没有恶意,就随他们去吧。"

宋时歇笑道:"你倒是洒脱。"

"不是我洒脱,而是这类事情在我们那儿可多了。"

可能是今晚气氛与平常不同,舒相宜的话也变多了:"我们那儿的明星……也就是知名的人,因为光彩夺目,会有很多喜欢他们、关注他们的人,这些人会默默在身后支持着他们,希望他们越来越好。但有的时候他们会遭遇'私生饭'。私生饭就是跟踪他们,获取他们的联系方式,想方设法介入他们生活的人。这类人很可怕的,严重的还会闯入明星家里,报警……啊报官都赶不走。所以,若只是偷偷看一看你,没有造成威胁的话,就随他们去吧。"

他蹙了下眉:"你遭遇过这样的人?"

舒相宜把头摇成拨浪鼓:"当然没有,我只是个平凡的普通人。"

宋时歇深深地看着她:"你到底来自哪里呢?"

舒相宜一默。

宋时歇很快岔开了话题:"你们那儿什么样的人可以成为……明星?"

"成为明星啊,"舒相宜想了想,"长得好看,实力强,优秀的人。"

宋时歇似笑非笑:"唔,那你说说看,他们为什么要看我?"

"……"

舒相宜瞥他一眼,不说话。

看你长得好看呗。

明知故问。

说了一会儿话,门被一脚踢开,小豆子垂头丧气地叫嚷着:"相宜姐不会真出什么事了吧,我怎么找都找……"

话音未落,他便瞧清了坐在屋内的舒相宜。

小豆子咧了咧嘴,一下子扑到舒相宜怀里:"相宜姐,你去哪里了!害我和时歇哥好找!"

舒相宜诚恳地对他道歉:"对不起,让你们担心了。"

小豆子一下子从她怀里挣出来,正色道:"我倒是没什么啦,你主要该跟时歇哥道歉,我从没见过他那么……"

"小豆子。"宋时歇打断他,"你怀里揣的什么?"

小豆子讪笑一声,捂住鼓鼓囊囊的胸口,顿时打住自己要说的事,他打了个哈欠:"我困了,先回房去睡了。"

宋时歇挑眉,三两步抓住他:"让你去找相宜,你是不是又手痒了?"

小豆子拼命反抗:"我没有偷!真的是捡来的!"

"哦,我可没说你偷东西了。"

小豆子奋力挣扎:"你放开我!啊啊啊……相宜姐,救我啊!"

……

看着他们打闹,舒相宜忍俊不禁,软了眉眼。

次日清晨。

舒相宜把计划告诉宋时歇,本以为他会和前两次一样袖手旁观,没想到他很是支持。

于是在宋时歇的帮助下，舒相宜购买了帛和毛笔、砚台等工具。她再次忍不住感慨，还没有发明纸的日子真的好难熬。

在王都最知名的茶馆里，舒相宜在刚刚搭好的桌前坐下，旁边小豆子帮着研墨。

从没在公众场合作过画，她活了十多年一直是个孤僻又怯懦害羞的人。自从到了绥国，形势所迫，她真是……什么脸面都不要了。

再加上脑海中毫无头绪，提起笔，舒相宜手有些抖，她深吸口气偏头望了一眼站在台下的宋时歇，她害怕自己搞砸。

宋时歇也在看着她，他嘴角上翘，眼神温柔。

她能从他的眼神中看出，他很相信她，笃定她一定会做好。

很奇妙，她的心在这一刹那静了下来。

她本想画自己擅长的水墨画，但仔细一想，还是不要在这个时代过于大胆出格的好。她回忆着这个时期帛画的风格，心里的答案越发清晰。

她沉着地落下笔。

台下宾客们本以为和往常一样是歌舞姬上台献艺，没想到台上那姑娘在阵阵丝竹声中，拿着笔不知道在做什么。

等了好一会儿，见她一直不停落笔，有个别好奇的宾客忍不住上台来看，看清的那一刻，他惊呼一声。

见他反应奇怪，其余宾客也按捺不住好奇心，纷纷上前观看。

见围观之人太多，宋时歇索性上台来，护在舒相宜身前，不让其他人挤到她。

惊讶之声此起彼伏。

宋时歇目光落在帛上——她笔下的每个人物都很鲜活，有人兴致高涨高谈阔论，有人单手支颐昏昏欲睡，还有人抱着酒壶伶仃大醉。

有人嗔有人怒，有人喜有人悲。

她画的，是台下众生百态。

舒相宜画得很快，不忘与小豆子低声说话："怎么样？"

小豆子拿眼到处瞅，不时通风报信："好像都是些普通宾客……"

小豆子眼睛忽然一亮："哎，好像有几个人走过来了，看起来钱袋里钱很多……"

宋时歇低斥："小豆子！"

小豆子一个哆嗦："我是说，一看衣着打扮就不是寻常人。"

舒相宜一凛，赶紧正襟危坐。

那些宾客果然被他们驱散，领头的一个青衣男子大步跨上台来。

舒相宜心中一喜，面上却不动声色。

不料那个青衣男子并未细看舒相宜，而是将宋时歇上下一打量，一拱手，尊敬道："这位，想必就是宋时歇宋先生了？"

舒相宜诧异地抬头看了宋时歇一眼。

宋时歇似乎并不惊讶,他不卑不亢应道:"正是在下。"

青衣男子恭敬地做了一个"请"的姿势:"公子缺有请。"

闻言,舒相宜惊诧地看了宋时歇一眼,却见他神情很是淡定。她心中疑虑重重,不由得暗忖公子缺为何会突然邀请宋时歇相见,他又是如何知晓宋时歇的?

能被百里缺青睐,想必不是一件很容易的事吧。

一踏入房间,便能闻到丝丝缕缕的暗香,层层叠叠的帷幔后面,便是她心心念念想见很久的百里缺。她历经波折来到这里的唯一理由,就是他。

舒相宜掌心冒汗,既兴奋又紧张。她觉得百里缺这个名字真的很有意思。百里缺,缺什么呢?他实在是个完美无缺之人。

完美无缺的百里缺。

宋时歇倒是很淡然,不卑不亢,并未有过多表情。

可奇怪的是,一路上遇到的每一个人都神情古怪,不住地拿眼偷瞄他们。

远远地,舒相宜听到公子缺在说话:"阿云,可是他来了?"

他嗓音清澈温柔,像林间流淌而过的清泉。

先前那个青衣男子阿云回话:"启禀公子,他来了。"

舒相宜与宋时歇在百里缺面前站定,在阿云的示意下,他们恭敬行礼。

"在下宋时歇,参见公子缺。"

"舒相宜参见公子缺。"

百里缺如传闻中一般温和:"两位不必多礼。"

舒相宜忐忑地抬起眼,看清百里缺的那一刹那,她却猛然震住,想说的话顿时忘了个干净。

端坐在前面的百里缺一身干净到一尘不染的白衣白裳,眉目清俊,眼尾含笑。

他静默地注视着宋时歇,仿佛对目前的状况早已了然。

舒相宜下意识扭头看宋时歇的反应,他却有些怔然。

她视线再度落在百里缺的脸上,令人不可思议的是,百里缺与宋时歇居然有七分神似。

震惊过后,舒相宜回过神来。

乍一看,百里缺白衣白裳的样子的确很像她初遇宋时歇时的样子。但仔细一瞧,明显他们的五官、气质并不相同,再加上穿着不同,熟悉的人很容易便能分辨两人。

百里缺像是高高在上的千山雪,时时刻刻挂着悲悯的笑;而宋时歇是肆意随性的人间客,更有烟火气息一些。

而且吧,可能是相处久了,她觉得宋时歇要更好看更英俊一些。

舒相宜总结,好看的人果然都是相似的。

百里缺的目光终于落至舒相宜身上,他轻声质询:"这位是?"

宋时歇正要介绍她是同自己一块来的,舒相宜却先他一步开了口。她再度行礼:"舒相宜,参见公子缺。"

她组织好语言,鼓起勇气道:"听闻公子缺历来重视人才,所以相宜大胆,想推荐推荐自己。"

她深吸一口气,坚定道:"我很小的时候便开始学画,成为画师是我的梦想。我自信自己的画工可以超越王都大多数画师,若是公子信任我,愿意给我这个机会,我定不辜负公子缺您所托。"

这种场合,显然不适合直接跟百里缺说"您爹想害死您"这种话,现在不是最好的时机。

她不能事事依附宋时歇,既然已经如愿见到了百里缺,那么,她势必要依靠自己的力量留下来。

宋时歇注视着她的背影,看着她一点一点展露自己的锋芒。

头一回见到女子在自己面前大胆自荐,百里缺愣了一瞬间。那个青衣男子阿云自然看到了舒相宜在茶馆里作的那幅画,他凑前一步,冲百里缺耳语了几句。

再度望向舒相宜时,百里缺多了几分赞许的笑:"听说你还在画上留了一句诗,淡妆浓抹总相宜?"

舒相宜暗恨自己画蛇添足,她在心里磕头向苏轼先生谢罪,然后厚着脸皮给自己贴金:"是我根据自己的名字作的。"

百里缺颔首,夸道:"你很衬这个名字。"

"多谢公子。"

百里缺思忖了一会儿,道:"府内画师年岁已高,是该归田养老了。既然如此,若是不嫌弃,姑娘暂且在府中住下,待我有空,定好好见识见识姑娘的技艺。"

舒相宜欣喜万分:"是。"

百里缺留了宋时歇叙话,舒相宜不便打扰他们,先走了出来,百里缺和宋时歇的声音断断续续落入她耳里。

"宋时歇,我听说过你。"百里缺轻轻笑道,"摘星城拐卖人口一案,就是你举报的?"

"正是在下。"

"你干得很好,要知道,其他人可没有这个勇气。"

……

舒相宜不由得想，是她低估了宋时歇，他一箭多雕，早在摘星城就做好了万全准备。与其主动应聘，不如让百里缺主动找上门来。

但……

不知道为什么，她心里总觉得有些地方很古怪，百里缺对宋时歇的赏识，真的只是因为摘星城之事吗？

总而言之，他们终于顺利入住了百里缺在宫外的府邸，这是这段时间以来，最好的消息了。

昨夜下了一场小雨，将独属于夏的燥热尽数压了下去。

次日早晨的空气很是清新，再加上天气晴朗，舒相宜一个人漫无目的地在府里转悠打发时间。

百里缺早已吩咐过了，府里的人都知道她是新来的女画师，对她恭恭敬敬的，再加上宋时歇成了百里缺的幕僚，连带着小豆子的身份都水涨船高。

走累了，舒相宜便坐在凉亭里歇息，她让人不用上前伺候，然后将随身包袱里卷好的速写本和铅笔拿出来，对着百里缺的园子画了起来。

公子府很大，分为供百里缺居住的东院、侍卫随从们居住的下人房和若干个单独的小院子，还有一个偌大的花园。

百里缺的园子打理得很好，各色花朵争相斗艳。正画得入迷，身后传来熟悉的声音："姑娘这是在等人？"

舒相宜一扭头，就见宋时歇立在不远处笑看着她，他轻轻挑唇："姑娘可是在等我？"

她心中一动。

头一回看见他穿成这样，精致的暗色锦衣华服，越发衬得他眉目清朗，值得世间最美好的词汇来形容。树荫之下，星星点点的光斑落了他满身，在他面前，满园名贵花卉黯然失色。

见她不言不语，宋时歇倏地笑开，他朝她走近，伸手弹了下她的额头："看傻了？"

舒相宜挪开眼，揉了揉额头，不理会他的打趣，她轻声自语："果然是人靠衣装。"

宋时歇凑近她："你说什么？"

舒相宜推了他一把："我说，你再站过去。"

宋时歇抬眉。

"快站过去。"

宋时歇只好依言走到刚才的位置。

她叮嘱："好了，别动。"

宋时歇果真一动不动，站在不远处噙着笑，眼神温柔。

舒相宜想了想，另起一页，边画她边感叹："哎，你和公子缺长得这么像，不会是君上遗落在民间的儿子吧？"

宋时歇失笑。

她越说越兴致勃勃："说不定还真是这样，你和公子缺呢，是同父异母的亲兄弟，机缘巧合之下重逢……哎，说不定啊，在公子缺的引荐下，你马上就能见到君上了。"

宋时歇好笑："你哪来这些奇奇怪怪的想法？怎么不说，其实我早就知道自己的王子身份了，因为某种不便言说的原因，才选择隐姓埋名呢。"

舒相宜点头认可："也有可能。"

他轻轻摇头："我之前从未涉足王都，父母也不是王都人，如何与君上扯上干系？"

听他这么说，舒相宜顿时也觉得自己很可笑。

她听花欲语说过宋时歇的身世，他是土生土长的破月镇人，自小吃百家饭长大，双亲都已经离世。

他们长相神似，这肯定只是巧合而已。

想起花欲语，也不知道她最近怎么样了。

舒相宜问："花欲语最近有回信吗？"

为了避免远方的友人担心，他们一路上都会给花欲语和郭五哥写信。花欲语并未气舒相宜直接离开，只反复叮嘱让宋时歇好好照顾她，还叮嘱她，千万不要被宋时歇这个大忽悠给骗了。

宋时歇答:"她最近并未回信。"

舒相宜自言自语:"也不知道她在破月镇怎么样了……"

他们不再说话了,舒相宜专注于自己的画,宋时歇则专注地看着她。

不知道过了多久,她轻舒一口气,招呼宋时歇:"好了,画好了,你可以不用站在那儿了。"

宋时歇走过来:"给我看一看。"

舒相宜却把画往身后一藏,支吾道:"没什么好看的。"

宋时歇戏谑:"我是主人公,还看不得了?"

舒相宜犹豫了一下,只好翻开速写本给他看。

宋时歇微微怔住,这是他从未见过的画风,本以为他只是万花丛中的一角,没承想整页都是他。她画得很认真很用心,用流畅的线条精心勾勒每一笔,她笔下的他眉眼弯弯,她笔下的他唇畔带笑。

他第一次知道,自己被人画出来,是这个样子的。

舒相宜小声解释:"这是素描……所以画得久了一点。"

他抬眼:"送给我。"

舒相宜当然不肯依,这是她辛辛苦苦的成果,而且是第一次光明正大地画宋时歇,怎么能说送人就送人。

"这可不是免费的。"

"唔,之前说过的,我用东西抵。"

舒相宜故意摊开手:"东西呢?"

以为他拿不出,没想到他果真低头去解腰间佩剑上的穗子。她听花欲语说过,那穗子是他娘亲在的时候亲手做的。

要他用东西抵,只是开玩笑罢了,他帮助她这么多次,她怎么可能收他这么贵重的东西。

她阻止他的动作,忍痛割爱:"送你了。"

这次轮到宋时歇愣了愣,他眸光暗了暗:"真送我?"

舒相宜开玩笑:"君子一言,驷马难追。"

宋时歇笑了笑:"既然你非要送我,那我就收下了。"

听他这语气……

怎么搞得跟她送了他定情信物一样。

看宋时歇小心将画卷起来收入怀里,舒相宜清了清嗓子,正色道:"我们那儿的女子都是自力更生的,若是我再厉害一点,可以靠这门本事挣很多钱……"

她撇撇嘴:"便宜你了。"

远处一个小侍卫在呼喊宋时歇的名字,估计百里缺有事寻他。

临走前,宋时歇戏谑地笑:"这么珍贵的东西,我一定好好珍藏。"

舒相宜抿了抿唇,起身走到他跟前,将他领口抚顺,低呵道:"知道就好。"

宋时歇垂下眼睫静默地看着她的动作,他倏地开口:"我知道,可能你们那里的人习惯凡事都靠自己解决,不依附任何人。我很高兴,看到这样一个独立的你。"

舒相宜动作一顿。

她不用抬头就知道,他在笑:"但有的时候,你可以选择靠一靠别人,这样——"

他嗓音极轻,轻到只有她能听清:"我会更高兴。"

舒相宜看着他走远,脸一下子烧起来。

你高不高兴……关我什么事啊……

舒相宜将速写本和铅笔、橡皮收了起来,慢吞吞往回走。

宋时歇的果敢以及对时事的独到见解很得百里缺的心,他如愿以偿成了百里缺的幕僚,百里缺很重视他,经常邀他过去叙话。舒相宜不懂那些政事国事,从不细问。

至于她,暂时还没有机会单独和百里缺见面。好不容易百里缺来府里小住,她跑去找他,却吃了闭门羹,画师这身份比起幕僚,到底阳春白雪了些。

她替宋时歇高兴之余，又不禁忧心忡忡。

她知道凭借宋时歇的能力，假以时日，必成大器。可是，绥国时日不多了，皇朝的铁骑随时可能兵临城下，百里缺身边极有可能危险重重。

宋时歇受到百里缺的重用，真的是好事吗？

第十章

关于"七"的秘密

舒相宜很想做点什么感谢下郁都。

他给她工作,留她在博物馆守夜,还耐心解答她的疑惑。若不是他点醒她,她不知道自己还要使多少昏着儿。

回到现代后,她特意去了趟水果市场,不知道郁都爱吃什么,索性每样都买了一些。

只可惜,郁都并没在办公室里。

她把水果搁下,打算出去等他。出门前,她目光一扫,无意中发觉郁都的办公室墙上挂着日历。日历很常见,没什么奇怪的,但郁都在日历上的 8 月 14 日和 8 月 20 日各画了一个圈,正好是 7 天。

7 天……舒相宜忽然觉得这个数字很常见。

仔细想来，博物馆外的街道名正好嵌了一个"七"字，博物馆里有7个不同的展厅，菜苗、阿翠等雕塑苏醒的时间是7个小时，她每次在绥国待上7天就会回到现代世界，毫无例外。

一切的一切都与"7"有关。

这是否意味着，她穿越到绥国的机会总共只有7次呢。

如果是这样的话，现在是17号，她已经用掉3次机会了，加上今晚，只剩4次……

她之前从未想过这个问题，她以为自己可以一直自由来往于21世纪和2000年前，她以为自己可以长长久久地和宋时歆见面。

却忘了，凡事都有法则与界限。

郁都办完事回来的时候，正好看见舒相宜神情恍惚的样子。

"舒姑娘怎么在这里？"

舒相宜站起身，忙不迭地问："郁馆长，您的展览是只有7天吗？"

"是，你之前不知道吗？"

舒相宜神情复杂起来，她一直都知道这是个巡回展，但根本没留意时长。

郁都探究地看着她："有事？"

舒相宜摇摇头："没什么……方便问一下，您下一站打算去哪个城市吗？"

郁都沉思了一阵："暂时还没有定下来，可能会休整一段时间吧。"

"您就不打算在一个城市长久地留下来吗？"

"在一个城市待久了，故事说多了就腻了。"

"我不会腻。"

郁都笑了："可其他人会腻。"

知道自己一而再再而三叨扰他，舒相宜不好意思地说："还是谢谢您了。"

看着舒相宜的背影，郁都忽然开口："你对绥国很感兴趣？"

舒相宜毫不掩饰地点头："是。"

郁都招呼她："进来坐会儿吧。"

郁都在柜子里翻找了好一会儿，然后小心翼翼地拿出一个锦盒，他当着舒相宜的面打开。

舒相宜奇道："这是……"

郁都说："这是百里缺的一枚玉佩。"

那玉佩通体雪白，很是精致好看。

舒相宜有些奇怪，他为什么要私下里保存这枚玉佩，但转念一想，郁都馆长肯定有他的考量。

"绥国的故事是我偶然间知晓的，我费了不少时间一点点拼凑。"

郁都说,"我原来是个考古学家,这些古物还有那些雕塑就是经我手挖掘出来的。"

舒相宜怔然。

"几年前,我不小心伤了腿,便不再下地。"他陷入回忆,"我心里那个声音不停告诉我,这就是绥国存在过的证据。可正如你说的,它没有任何文献资料可以佐证,所以,考古界没有人相信我。"

舒相宜忍不住追问:"那您是否知道,绥国真正的结局究竟是什么?难道……难道当年真的没有百姓生还吗?"

郁都的讲解到百里缺以身殉天便戛然而止,自此绥国便消失了,无人知其踪迹。

菜苗和阿翠告诉她,绥国倾其所有以卵击石,被皇朝吞并走向覆灭,世人并不知晓绥国的存在,也隐隐证明了这一点。但嬷嬷、阿翠、菜苗他们殉葬的时候,百里缺刚殉天不久,所以他们并不能准确地知晓后事。

绥国的消失,究竟是万千百姓皆化为两国纷争下的冤魂,还是怎样呢?这是最坏的结果,也是舒相宜最不愿看到的结果。

郁都摇头,深深凝望着那玉佩出神:"没有人知道它的结局。"

没有人知道它的结局。

这是郁都告诉舒相宜的答案。

不论如何,绥国的结局,她都将亲眼见证。

像前三次那样,她回到了她在公子府里的房间。

换了衣服后,她拦住一个婢女问了时间,确认她距离往返两个时代只过了几个时辰,这才放下心来。

她想去找宋时歇,却突然听见湖边传来一阵喧哗。

"不是我!你们别想冤枉我!你们放开我!"

是小豆子的声音。

舒相宜赶紧跑过去:"发生什么事了?"

两个侍卫看见舒相宜过来了,松开对小豆子的束缚,行了礼:"姑娘,公子缺的贴身玉佩在回房歇息的途中丢了。弄丢的时候,他正好在东院附近鬼鬼祟祟出没……"

小豆子气急了,打断那个侍卫:"什么鬼鬼祟祟?谁鬼鬼祟祟了?我说我没偷!我就是在附近摘花而已!"

舒相宜想起不久前郁都给她看过的玉佩,皱眉:"是什么玉佩?"

那侍卫再度拱手:"还请姑娘见谅,那是幼时君后赠给公子缺的,公子缺向来很爱惜,日日戴在身旁。"

小豆子反驳:"那肯定是他自己不小心弄丢了,凭什么说是我偷的!"

侍卫的脸色变得难看起来:"公子缺早已命人查过你们的底细,这小子就是个手脚不干净的,不是你还能是谁?"

小豆子瞪大眼睛："你血口喷人！"

舒相宜示意小豆子别再火上浇油了，然后道："你们先别急着抓人，可能真的是误会。如果真是小豆子干的，我自会跟公子缺请罪。"

那两个侍卫对视一眼，一动不动。

舒相宜劝道："反正我们人在府里，想跑也跑不了，是不是？"

那两个侍卫拱手行了个礼，然后一言不发地离开了。

舒相宜蹲下来，温声问小豆子："到底怎么回事？"

"我刚才说过了，我只是摘花而已，我没偷公子缺的东西！"

"我知道你听话。"

舒相宜耐心安抚他："那你有没有看到公子缺的玉佩，说不定是你不小心捡到了呢？若是捡到了，咱们还回去就是。"

小豆子脸红一阵白一阵，他甩开舒相宜的手："我说我没拿！没拿就是没拿！你为什么不信我？"

说完，小豆子便一溜烟跑远，舒相宜只好无奈地叹了口气。

晚膳上桌，舒相宜正要动筷，宋时歇踏步走了进来。

他一身浅青色长袍，风姿卓绝。

宋时歇笑吟吟地抬眸质询："有我的份吗？"

舒相宜还没回答，他便撩起袍子，自然地坐在她身旁，拿起筷子吃了起来，边吃边夸："公子缺给你安排的厨娘，手艺倒是不错。"

看他吃得很快，显然是饿了。舒相宜疑惑道："你怎么每天都和公子缺说到那么晚，我去找你都不见你人。"

"最近绥国在与皇朝的使臣谈判，所以公子缺那里事务繁忙了些，为此公子缺特意搬来了府里住。"

舒相宜心中一动："与皇朝谈判？谈什么？"

宋时歇淡笑："不用担心，若是不出差池，应该能谈下来。"

舒相宜还欲再问，宋时歇却岔开了话题："你和小豆子吵架了？"

舒相宜一顿，想到小豆子的顽劣，她头痛不已："他都和你说了？也不算是吵架吧，可能只是我多心了……"

宋时歇填饱肚子，站起身："那你有没有话想对他说？"

小豆子和宋时歇住在同一个院子里。

小豆子坐在院子中央的椅子上，他背对着正门不知道在捣鼓些什么。

舒相宜主动开口喊他："小豆子……"

小豆子倏地从椅子上跳下来，他把手里的东西往舒相宜手里一塞，恶声恶气道："这是送给你的。"

"送给我的？"

他递过来的是一个用各色鲜花编织而成的花环，部分花朵已经有了枯萎的迹象。

只是……舒相宜愣了愣:"怎么这么湿?"

小豆子清了清嗓子,故意不看她:"那几个侍卫来抓我的时候,不小心掉地上了,我看有些脏,就拿水洗了洗。"

舒相宜捏紧那花环,心软成了一片,她下意识瞥向宋时歇,宋时歇则朝她眨了眨眼睛。

他明显和小豆子串通一气。

舒相宜不顾那花环湿漉漉的,径直戴在了头上。

"谢谢你,我很喜欢。"

小豆子还是板着脸:"我是看东院附近的花开得好看,所以才过去摘的。"

她夸:"你眼光很好。"

小豆子抑制不住地得意:"那是当然。"

舒相宜拉过小豆子的手,这才注意到他的手心被刺扎破了,她认真道歉:"小豆子,是我误会你了,我不该不问清楚就觉得是你做的。"

小豆子板着脸,眼珠子到处乱转,就是不看她。

"你肯原谅我吗?"舒相宜问。

小豆子还是不说话。

宋时歇走过来弹了下小豆子的脑门,漫不经心地笑:"好了,别装了。"

小豆子扑哧笑出声来，他仰头冲舒相宜道："我小豆子才不是小气的人呢。"

舒相宜也跟着笑起来。

夜色已深。

舒相宜领着小豆子又去了一趟东院。

百里缺此时正在宫内，所以东院附近守卫很少。

舒相宜安排小豆子在围墙底下找，她则在树下草丛里找，看能不能找到百里缺遗失的玉佩。

小豆子不解："为什么我们非得找，又不是我偷的。"

他踢了一脚石子，闷闷道："我承认，我小豆子虽然是有些小偷小摸，但也是会审时度势的，怎么可能会给你和时歇哥找麻烦？"

舒相宜认真道："我知道，但也不能让他们一直误会你。既然那两个侍卫说玉佩是在这一块丢的，最好的办法就是咱们找到公子缺遗失的玉佩，偷偷送回去。"

小豆子不以为然："误会便误会呗，他们还能杀了我不成？"

舒相宜对这种话很敏感，皱眉："别乱说。"

她缓了缓语气，这才继续道："我知道你关心我们，但你的安危对我们来说同样重要，就算不为自己着想，也为我们想一想，保护好自己亦是保护好我们。"

小豆子瘪瘪嘴，真的老老实实过去找。

宋时歇看了半天热闹，从树上一跃而下，落到舒相宜身前。

"你倒真把他管教得服服帖帖的。"

舒相宜头也不抬，弯着腰仔细观察地面："他其实挺懂事的，也很聪明，稍微引导一下，就能走到正途。我没有弟弟，在这里，他便是我的亲弟弟。"

"小豆子有你这个姐姐教育他，真的很幸运。"

舒相宜回夸："他有你这个哥哥一直庇护他，才很幸运。"

宋时歇帮着她一块找，闻言他扯唇低笑："那你可愿意，一直当他的姐姐？"

舒相宜想也不想就回："我现在不就是他的姐姐吗？"

"我说一直。"

舒相宜微愣。

宋时歇镇定自若，脸上噙着一贯淡定的笑："若是顺利，将来我打算定居在王都，就在城南那一块买一个小院子，再开辟一块地，种些蔬菜水果。小豆子肯定会跟我同住，他跟着我，吃穿用度肯定不用愁，我打算给他请个先生，教他念书写字。"

他嗓音低缓温柔，在这种奇怪的环境里，就这样很自然地对她说出他对未来的规划。

他站定，抬眼望着她："若是你愿意的话——"

舒相宜在这个瞬间，忽然心跳如雷。

他是百里缺的幕僚，是替百里缺出谋划策之人，以他的资质，完全可以平步青云。她心情跌宕起伏，一时无法分辨他究竟是不是在说玩笑话，也不敢揣测，他的话究竟是什么意思。

他一顿，笑容漫开："可以来教他画画。"

舒相宜说不出话来。

宋时歇并不着急等她回答，他从怀里掏出一块小木牌递到舒相宜手里，是一个小小的装饰品，上面刻着几个字，舒相宜并不认识。

"给我的？"

"你不是送了我一幅画吗？于情于理，我都应该回赠你一样东西。"

见她一直仔细看那几个字，他把她的手按了下去："别看了，无非是平安健康之类的祝福语。"

舒相宜奇道："你买的？"

他漫不经心地笑："不是我买的，还是我亲手做的不成？"

舒相宜接了过来，嘴硬道："算你识相。"

心中却想……这样一来一往，更像是定情信物了。

远处有灯光渐渐靠近，是一队巡查的侍卫。

其中一个发现了这边的动静,大声呵斥:"什么人在那边?"

舒相宜一怔,还未来得及反应,便听到宋时歇的声音落在她耳畔:"快跑。"

小豆子机灵,宋时歇一个眼神示意他就明白过来,拉着舒相宜飞快跑远了。

为了掩护他们,宋时歇没有离开,反而主动迎了上去。

那队侍卫看清了宋时歇的脸,惊讶:"宋先生?"

宋时歇点点头:"我有急事要同公子缺商讨,到了此处才意识到公子缺还未回府。"

领头侍卫不疑有他:"若是公子缺回府了,我等定向宋公子禀报。"

……

无功而返,舒相宜一路飞奔到了宋时歇居住的小院。

她呼吸急促,紧张又兴奋,觉得自己从未这么狼狈过。

等了片刻,宋时歇缓步走了回来。

舒相宜问他:"我是府里的画师,你是府里的幕僚,我们又不是在做什么见不得人的事,为什么要跑?"

宋时歇戏谑:"深更半夜,孤男寡女,他们会信?"

舒相宜愣神,顿时不再继续这个话题。

侍女送了点心过来,小豆子吃得不亦乐乎。他注意到舒相宜腰间多了一块眼熟的小木牌，赠送木牌是他们破月镇的习俗。

他忍不住插话："时歇哥，相宜姐。"

舒相宜扭头看他："嗯？"

他脱口而出："你们打算什么时候成亲啊？"

成亲？

舒相宜的眼睛倏地睁大，宋时歇笑容一敛。

"相宜姐，你们成亲的时候，我来给你编花环吧！我手艺可好了，在破月镇的时候，伙伴们玩过家家，左右没什么装饰品，就是由我来给新娘子编花环。"

不等舒相宜回话，小豆子继续嘟囔："你们成亲的时候，我能来观礼吗？"

舒相宜一时语塞，答"不能"好像很奇怪，答"能"好像更奇怪。

一旁的宋时歇扑哧笑出声，舒相宜瞪了他一眼。

宋时歇笑眯眯地说："小孩子不要管大人的事。"

"什么嘛。"

小豆子不服气，他思索了一下，狐疑道："难不成……时歇哥你还没把相宜姐追到手吗，可你明明……"

宋时歇抬手敲了小豆子一记："吃东西还堵不住你的嘴。"

小豆子抹了抹嘴，一本正经道："若是喜欢一个姑娘，就应该早早把她追到手，尤其是我相宜姐这样好的姑娘，免得她被别人抢走了。"

宋时歇好笑："谁告诉你的？"

"这还用人告诉吗？"他拍拍胸脯，"别看我年纪小，想当初在破月镇的时候，可是有不少姑娘偷看我呢。"

宋时歇一挑眉："你确定她们偷看你不是因为你十多天不洗澡，浑身上下臭烘烘的？"

小豆子捂着肚子大笑："最多就八九天而已，哪有十多天没洗过澡？"

宋时歇也笑弯了眼。

2000年前绥国的夜晚，悬挂于空的弯月明亮皎洁。

因为没有电灯，想要在夜晚视物只能靠油灯；因为没有信号，手机除了拍照，别的功能都不能用。

但，这里渐渐变成了她熟悉的地方。

她手指情不自禁地摩挲着那块小木牌。

他们都不是接下来的事件的主角，只是沧海一粟罢了，说不定不会受到影响。

若是没有穿越法则的限制，他们三个一直这样生活下去，好像……也不错。

吃过侍女送来的早点后。

舒相宜一个人待在房间里画画，怎么画怎么不顺手，铅笔画着画着就断掉了。她拿小刀削好，没一会儿又断了，她更加心神不宁。

昨天夜里，百里缺深夜回府后，又急召了宋时歌过去谈事，到现在都没有回来，所以她留在了宋时歌的院子里帮着照看小豆子。

联想到宋时歌提过现在绥国正与皇朝谈判，她总觉得会有大事发生。

外面传来一阵急促的脚步声，是宋时歌回来了。

他神情凝重，目光幽深。

舒相宜把速写本合上，心中隐隐猜到了什么："发生什么事了？"

宋时歌脸色微微苍白："谈崩了，皇朝的军队在昨天夜里驻扎在了绥国边境外。"

昨天夜里……她悚然一惊。

"他们怎么动作这么快？"

"是君上隐瞒了下来，直到皇朝军队抵达边境才了松口。"

舒相宜觉得自己有些站不稳，她定了定神："谈判的内容究竟是什么？"

"皇朝想要的是统一，将原本属于前朝土地的绥国重新纳入版图之中。皇朝不想大动干戈，特来谈判，只要君上放弃统治权，便允许君上留在这里当一个闲散的诸侯王。君上严词拒绝,不肯放弃一国之君的位置,惹恼了皇朝。"

宋时歇紧紧皱着眉头:"在半刻钟前,公子缺又入宫了,试图劝阻君上。"

她紧紧注视着宋时歇的表情:"那你呢,你的想法是什么?"

宋时歇抿了下唇,并不隐瞒她:"皇朝没有立即进攻,显然是在等。若是公子缺与君上不同心,导致绥国内乱,皇朝正好不费一兵一卒,坐收渔翁之利。"

他一顿:"可若是开战,绥国万千百姓会家破人亡颠沛流离。"

舒相宜明白,这是两难的局面。

他目光落在远方:"我们主张投降。"

舒相宜脑子里一蒙,张了张口,却唇齿干涩说不出话来。

她知道宋时歇定然和百里缺一样站在百姓那边,与百里临渊的想法背道而驰,所以冒着内乱的风险也要主张投降。

他们只能寄希望于百里临渊改变主意。

这意味着,她早已知晓的那一切,终于接踵而来。

这份沉重压得她喘不过气来。

第十一章

漂亮的诱饵

小小绥国与疆土辽阔的皇朝贸然开战，这不是硬碰硬，分明就是以卵击石。

说得更不好听一点，是鸡蛋碰石头，是飞蛾扑火。

百里缺一如雕塑们告诉舒相宜的那样，入宫劝阻，遭到了百里临渊的驳斥。百里临渊既已拒绝皇朝的提议，就是做好了对敌的打算。

百里临渊罚百里缺闭门思过三日，让他冷静冷静。

百里缺身边贴身伺候的阿云给百里缺沏了一杯茶。

水汽缭绕中，百里缺沉默地看着臣子们递上来的一沓沓简牍，半晌没有动静。

百里临渊统治严苛，喜怒不形于色，臣子们即便内心不愿开战，明面上却不敢公开违抗百里临渊的意思。于是，便将劝说的简牍尽数送到了他这里。

他思忖了好一会儿，才开口："外界怎么说？"

"外界人心惶惶，百姓们都怕殃及自己。"

百里缺很轻地叹口气，眉头蹙起。

阿云劝道："公子缺放心，百姓们自然是拥护您的，这势必是场败仗，没有人愿意流离失所。"

百里缺轻轻颔首。

阿云询问："君上禁了公子的足，三日过后，公子可还打算入宫劝君上？"

百里缺道："自然要劝。"

所有人都知道百里临渊此举是螳臂当车，百姓们皆敢怒不敢言。他怎么也不明白，为什么百里临渊要一意孤行？

阿云道："您到底是君上的长子，君上心里定然是疼惜您的。"

疼惜？

想起百里临渊勃然大怒的样子，百里缺眉眼间笼上了一层霜。

世人皆知，自母亲崩后，百里临渊找的每一个夫人都像极了母亲，有的是眼睛相似，有的是背影相似，他显然爱极了母亲。

他是母亲的独子，于是在众人眼中，他自然是最受百里临渊宠爱的儿子。

虽然百里临渊赏赐不断，给他的吃穿用度皆是最好的，别的弟弟妹妹远不及他。他病了，百里临渊便招募最优秀的大夫，送来最珍贵的药材，但，百里临渊却从没有亲自看望过他。

从小到大，百里临渊并不亲近他。每次见面，他们都隔着很长一段距离，他只能艳羡地看着年纪比自己小的弟弟妹妹承欢膝下。他甚至忍不住怀疑，百里临渊究竟知不知道他长得什么样，他究竟像不像他的母亲。

他少时便因天资聪颖极负盛名，这些年里他更是事事做到极致，拼命想讨百里临渊的欢心。可做得越好，百里临渊越是冷淡。

直到长大成人，他才看懂了百里临渊看他的眼神是什么——

极度的怀念和极度的嫌恶。

阿云道："您一心为百姓着想，属下替万千百姓们向您道一声谢。"

百里缺回过神，终于溢出一丝笑。

"母亲赠我的玉佩，可找到了？"

阿云道："还没有，那个小子不肯承认，碍着宋时歇公子的面子，我们的人不好动他。"

"确定是他拿的？"

阿云犹豫了一下："他偷盗不是一次两次了。那天他横冲直撞，险些冲撞了公子。紧接着公子的玉佩就不见了,不是他还能是谁?"

阿云请示:"需不需要属下……"

那枚玉佩是母亲留下的唯一遗物,人人皆说,他是大孝子,思念君后所以日日佩戴。时间久了,他有些分不清,这玉佩的存在究竟是因为思念母亲,还是因为百姓的赞誉?

玉佩突然不见,他心里溢出几分烦躁,总觉得是什么不好的征兆。

他云淡风轻道:"随你,只要寻回玉佩即可。"

"是。"

百里缺一顿:"趁人不注意再行动。"

谈完事,正要出房间,阿云忽然想起什么:"对了,府里新来的画师舒相宜姑娘一直想见您一面,说有要事要禀报。您看……"

百里缺合上眼,依稀想起了那个姑娘的模样。她倒是勇气可嘉,甚得他心,只可惜现在是紧要关头,他无暇顾及这些。

"现在都什么时候了,我没有心思作画。"

"那……"

百里缺乏了:"一律不见。"

舒相宜又被拦在了东院外。

她离百里缺,只有几步之遥而已。

一直找不到机会，她心头失落，满肚子的话不知道该向谁诉说。反正无所事事，她找来梯子，拿着速写本爬上屋顶，疯狂画画，将情绪都倾诉在画里。

宋时歇找到她的时候，她正坐在屋顶上长吁短叹。

宋时歇伸手："快下来。"

舒相宜还是不起身："你不用和公子缺商谈要事吗？"

"公子缺谁也不见。"

舒相宜换了个姿势，摆谱："我也谁都不想见。"

宋时歇笑道："别闹了，所有人都在等着你呢。"

舒相宜终于疑惑地看了他一眼："等着我？"

"快随我来。"

宋时歇带着舒相宜出了府。

虽然宋时歇和百里缺相貌神似，但穿着打扮完全不同，给人的感觉也完全不同，那七分神似便只剩下三分。

暂且不说每次百里缺出现在公众视野里，普通民众只能隔很远地看着。在他们心目中，百里缺是高高端坐于王座的人物，出行的时候被层层守卫簇拥着，根本不可能出现在——

最平凡不过的农家小巷。

跟着宋时歇左拐右拐，宋时歇在一户普通人家门口停下来，他瞥一眼舒相宜的表情，倏地一笑。

他伸手抚平她的眉，笑道："别这么严肃。"

舒相宜这才意识到，自己一直皱着眉头。

他推门进去。

慈祥的老妇人从厨房探出头来，她擦了擦手，热情地朝他们招呼着："是小宋啊？这位姑娘就是你提过的朋友吧？你们快坐快坐。我家那老头子去山上猎野味了，小宋你等会儿说说他，都这把年纪了，还老出去闲逛，万一出点什么事，身边都没个人照顾。"

耐心听完她的絮絮叨叨，宋时歇安抚地笑了笑："师父他老人家一定可以照顾好自己的，师娘您就别担心了。"

舒相宜被他的称呼惊到："师父？师娘？"

听花欲语说过宋时歇拜在一个归隐的大侠门下学剑，舒相宜转眼看着不远处熟练颠勺炒菜的老妇人，一时无法将她与心目中超凡脱俗的侠客联系到一起。

宋时歇解释给她听："师父师娘几年前就搬来了王都。"他压低声音，"他们年轻时候都是数一数二的剑客。十几年前打算归隐，所以去了破月镇，后来还是耐不住性子，又搬回了王都，和以前那些一起打拼的旧友做邻居。"

舒相宜感慨："大侠果然都是大隐隐于市的。"

话语刚落，便听到门外一声爽朗的笑："看剑！"

宋时歇一个旋身，提剑迎了上去。转眼间，他便与刚刚出现的老人对了几招。

这是舒相宜第一次看到宋时歇使剑，之前他腰间的长剑从未出鞘过。

宋时歇动作潇洒自如，剑使得让人眼花缭乱，他抓准一个契机，趁老人来不及防备，将剑直直对准老人的双眼袭去。在将要碰上时，他利落地收回了剑："师父教导过，剑术只为护己救人，永远不能将手中的剑对准身边亲近之人。"

"好小子。"老人大笑，丢开左手的剑，"记得倒清楚！"

舒相宜这才注意到，他师父右手一直拎着一只野兔。

厨房那头在喊："你个死老头子，就知道显摆，还不快来帮忙？"

老人无奈一摊手，冲一旁的舒相宜小声抱怨："真是母老虎。"然后赶紧大声应，"这就来。"

舒相宜被逗笑了，一颗紧绷的心随之稍稍放松了些。

没一会儿，在外面玩耍的小豆子也赶了过来，宋时歇早已告诉过他位置。

听了宋时歇的介绍后，小豆子眼睛一亮："你师父？"

那岂不是比宋时歇哥哥还要厉害很多吗？

他屁颠屁颠跑到老人身后:"师父,我可以拜入您门下吗?"

老人正在帮着师娘择菜,闻言,嫌弃道:"走开,走开,别烦我,老头子我都这把年纪了,早就不收徒了。"

"师父师父,我很乖很懂事的,可以给您添茶送水,给您捏肩捶背。我会的可多了,您就收下我吧!"

老人吹胡子瞪眼:"走开,走开!还有,别叫我师父!"

"师父,师父!我来帮您择菜吧。"

"你给我松手!"

"师父,师父,我未来想当大将军。若是您肯教我,以后您就是大将军的师父了!"

……

舒相宜吸吸鼻子,闻着一阵阵从厨房传来的香味,忍不住感叹:"好香啊。"

她不禁多想:"今天是什么日子,怎么做这么多菜,传统节日吗,还是谁过生日?"

宋时歇笑着摇头:"都不是,就是一个普通的日子而已。"

舒相宜微微惊讶。

她偏头看向宋时歇,只见他望着小豆子的方向,唇畔边挂着一贯的浅笑,全然不像那日凝重的样子。

她好像有些懂他的想法了,不必忧虑,无须惶恐,在一个普普通通的日子里，大家团聚在一块吃顿晚饭而已。

就这么简单。

吃过饭后，舒相宜找了个角落蹲下来，她挑了根顺手的树枝在泥地上画画。半晌，她招呼小豆子过来看："小豆子你看，像不像你？"

她画了一个Q版的小豆子，身材瘦瘦小小，脸蛋却鼓鼓的，无忧无虑，开心自在。

小豆子第一次见到这种画风，皱眉："这是我吗？我眼睛没有这么大吧？我头哪有这么大，嘴巴也太小了吧？"

一顿，见舒相宜表情不对，小豆子扑哧一下笑开："相宜姐你画得比我本人好看多了。"

舒相宜抬手敲了他一记。

小豆子捂着脑袋："怎么只画我一个人？太孤独了吧，你们呢，在画里我也要和你们待在一块！"

"好，"舒相宜笑眯眯，"我现在就补上。"

她不仅将她和宋时歇添了上去，还将宋时歇的师父和师娘画入了画中。五个Q版小人亲密地靠在一起，欢乐的时光仿佛在这一刻凝固。

这里烟火气息浓郁，恍惚间，舒相宜觉得自己依然身处破月镇，花欲语随时会跑过来给她一个大大的拥抱。

笑着笑着,她神情渐渐黯然。

宋时歇明白她在忧愁什么,手掌轻轻落在她头顶,叹道:"国与国之间的纷争,不是你我能控制的。"

她当然懂这个道理,可懂是一回事,放下又是另一回事,她无法眼睁睁看着这一切上演。

她问:"你打算怎么做?"

宋时歇淡笑,虽然无法控制,但他——

"定当竭尽全力。"

吃过饭后,小豆子死皮赖脸要拜师,不肯随他们回去。

宋时歇和舒相宜与师父、师娘作别后,两人一同往回走。

宋时歇边走边指给舒相宜看:"你瞧,这户住的钱大哥是整个绥国最会使鞭子的人,大家都叫他一声鞭王;现在在街头当马夫,他驯马很有一套,很是低调。"

他又指了指另一边:"这户住的钟大哥擅长使流星锤。君上建立绥国时,他立了不少汗马功劳,但他无意入宫,便在此处买了房子住。每天闲得无聊就翻墙去隔壁找钱大哥吵架。"

舒相宜惊讶:"钟大哥看钱大哥不顺眼?"

宋时歇点头,压低声音道:"他们斗了二十多年,说好的至死不相见,最后却成了邻居,整天低头不见抬头见。"

舒相宜觉得前辈们的生活委实多姿多彩,虽然和她想象的江湖不太一样,却很是有趣。

她不由得叹道:"若是你也走的这条路,不知道会是什么模样?"

宋时歇果然思索了一下,旋即摇头:"当剑客固然好,但未免不安稳。"

"怎么说?"

"师父、师娘当年隐姓埋名去破月镇是因为太过讲义气而惹了敌人,为了不连累大家,这才归隐。"

舒相宜问他:"你更喜欢安稳的生活?"

宋时歇目光顿住:"我不希望重视的人为我担惊受怕,所以,是,我更喜欢安稳的生活。"

见宋时歇看着自己说这句话,舒相宜移开眼,故意道:"嗯,小豆子听到你这番剖白,一定很开心。"

宋时歇笑了。

3日已过,刚一解除禁锢,百里缺便立即进了宫,直到傍晚他才返回公子府。

外面人声鼎沸,无数拥护他的百姓久久不肯离去。

一行人护着百里缺下了马车往里走,一踏入府内,百里缺含笑的表情便消失不见,一行人屏息静气都不敢出声。

他先是在书房召见了宋时歇和其他几个亲信,与他们谈了两个时辰,才缓步走出来。

百里临渊说的话犹在耳边,他用一贯冷淡到了极点的眼神看着百里缺,话语听起来却很温情:"缺儿,你是她的儿子,便是寡人最宠爱的儿子。百姓们都爱戴你,假以时日,寡人这位置,自然是你的。"

这是百里临渊第一次谈论起这桩事,无疑,是一个漂亮的诱饵。

百里缺和往常一样伏倒在地,掷地有声道:"缺儿不敢想。"

百里临渊居高临下地盯着他:"闭门三日,你可想清楚了?你确定——要忤逆寡人?"

百里缺沉默了一阵,再度叩首:"皇朝兵力雄厚,远胜过我们,绥国必吃败仗,吃苦的便是天下黎民。"

百里临渊眸光渐寒:"你是说,为了不让天下黎民受苦受难,让寡人将王位拱手相赠?"

"父君仍然受万人尊敬,仍可以住在王宫里……还请父君三思。"

"好,好得很。"百里临渊沉沉笑了,"马上就到一年一度的祭天大典了。去年是丰收之年,寡人一直在思索今年该用什么样的祭品告慰上苍保佑我绥国。"

百里缺伏跪在地,一动不动。

百里临渊目光落至百里缺身上，冷道："既然你替百姓担忧，宁可未来不要这个位置……为表你爱国爱民的决心，不如以身殉天，如何？"

百里缺猛地抬眼："父君！"

百里临渊似乎累极，合上眼："若是你愿意为绥国做到如此地步，来年定会风调雨顺。那寡人便答应你，将绥国拱手赠于皇朝，不要这王位了便是！"

百里缺睁大眼睛，喉咙干涩。

百里临渊冷道："如此，你还肯替那些百姓求情？"

……

若是他肯成为祭品以身殉天，告慰苍生，那么事情便有回旋的余地。

百里临渊……想要他的命。

这桩交易，未免代价太大。

"舒相宜求见公子缺！"

这个声音的出现打断了百里缺的沉思。

阿云迎了上去，斥道："放肆，竟敢擅自打扰公子！"

百里缺淡道："阿云，不可无理。"

阿云依言退了下去。

百里缺缓步上前，看清眼前之人后，他淡笑："舒姑娘？"

舒相宜躬身行礼："舒相宜参见公子缺。"

她又道:"我有话想单独和您说。"

她特意在东院附近等候,为的就是见百里缺一面,若是此刻再不说清楚,恐怕再也没有机会了。

百里缺凝神看了她一会儿,而后挥了挥手:"阿云,你们先下去。"

"是。"

百里缺语气温和,笑容和煦,令人如沐春风:"听阿云说,你来找过我好几次?"

舒相宜点头,她何止找了好几次,十几次都是有的。

百里缺笑容加深:"从宫内回来到现在,我还没有吃东西,不如,陪我去用晚膳?"

舒相宜愣了愣,还是应道:"好。"

凉亭里,饭菜上了桌,百里缺在侍女的伺候下开始用膳,舒相宜却越发坐立不安。

百里缺出奇地镇定,他越是这样,她越是心慌。说不定百里缺已经答应了百里临渊的条件,做好了必死的决心,所以才如此从容。

等他吃完,她斟酌着开口:"您可是有烦心之事?"

百里缺道:"人人皆有烦心之事。"

舒相宜正色道:"相宜愿为您分忧。"

百里缺笑了，他让那些侍女撤了晚膳，这才温声道："我知道你的心意，你无须担忧，安心待在这里，我自会庇护你。"

见他态度温柔，舒相宜心中一喜，趁热打铁大胆抬眼望着百里缺："有些话，我一直想对您说。"

百里缺似笑非笑："哦？"

说之前，舒相宜不得不谨慎，作为现代人她认同人人平等的理念，不喜欢尊卑有别那一套。但这里是2000年前，百里缺人再好，到底是君上的儿子，她在他面前肆意妄为说他爹坏话，很有可能脑袋就不在自己脖子上了。

为了脑袋着想，她道："您先答应我，不论我说什么，您都不生气。"

百里缺目光更加幽深："好，我答应你。"

舒相宜离开椅子半蹲着行礼，沉声道："恕我直言，我知道您屡屡进宫是想劝阻君上，但君上既然选择正面对敌，我觉得……多劝无益。"

她强忍住不当着他的面说他爹脑子不正常，然后继续道："您是民心所向，绥国的百姓都信任您，您的安危是最重要的，不论君上提出了什么样的要求，您都不要相信，势必要保全好自己……"

见她妄议国事，百里缺的笑容淡了淡，他打断她："好端端的，说这些做什么？"

舒相宜怔住，不说这些，那她该说哪些？

他以为她要说什么?

百里缺俯身握紧她的手腕微微用力,将她扶起来,他并未立即松开,而是若有所思道:"姑娘便是用这样一双手作画的?"

舒相宜抬眼愣愣看着他,不知道他什么意思。只觉得,眼前的百里缺和她想象中的,好像有些不一样。

他目光温和:"姑娘来这里这么久了,我还没有见识过姑娘的技艺。听闻,姑娘还会我绥国人士不会的绘画技巧?"

舒相宜勉强微笑:"只是雕虫小技而已。"

他攥紧她的手,微微用力,她一个不慎差点径直扑到他身上。

百里缺不躲不让,低笑:"姑娘不打算给我看看?"

舒相宜浑身一僵,她忽然发觉,百里缺和宋时歇并不相像,宋时歇口头上虽然不正经,但他与她的接触从不亵狎,他真诚又坦荡,他绝不可能有这么轻浮的举动。

她对百里缺的完美印象,在这一瞬间产生了一丝微不可察的裂缝。

她挣开百里缺,往后退了几步,左右四顾,这才意识到周围一个人都没有,凉亭里只剩她和百里缺两个人。

难不成他误以为自己屡次寻他,是想……投怀送抱?

想通这一层后,舒相宜急忙解释:"公子缺,您误会了,我没有这个意思。"

因为她的抗拒，百里缺眉眼微沉，多了几分冷意："误会什么了？"

不远处传来一个平静的声音："参见公子缺。"

舒相宜和百里缺同时侧头看过去，说话那人可不是宋时歇！

知道来了救兵，她顾不上看百里缺的脸色，急急跑到宋时歇身旁，因为太着急险些摔倒，宋时歇扶了她一把。

她刚想说话，抬头却对上宋时歇面无表情的样子。他眸光很黯，她不由得一哽。

百里缺不咸不淡："宋先生。"

宋时歇上前一步："相宜不懂事，还望公子不要怪罪。"

百里缺沉默了一会儿，弯唇一笑："舒姑娘单纯可爱，何罪之有？"

宋时歇脸色微微一变。

百里缺揉了揉太阳穴，望向舒相宜的目光多了几分歉意："抱歉。"

舒相宜轻轻颔首，犹自惊魂未定，暗自安慰自己，这一定只是个误会，百里缺一定是心烦意乱才会做出这样的事。

宋时歇的表情有些冷淡："夜深了，公子早些休息，我们就不打扰了。"

百里缺颔首："下去吧。"

"是。"

第十二章

相宜,靠一靠我

舒相宜与宋时歇肩并肩坐在王都公子府的屋顶。

她开始怀念每一个在破月镇的夜晚,安逸又温暖。

只是……

她偷偷瞥一眼身旁的宋时歇。自从作别百里缺后,他一直没有说话,他不会……是在生气吧?

他刚才肯定看到那一幕了,他是在气自己擅作主张,还是气百里缺差点轻薄她?

她伸出一根手指戳了下他:"哎?你刚才是特意来找我的?"

宋时歇不答。

"你生我的气了?"

宋时歇没反应。

果然是在生气啊……

"对不起。"她主动开口。

她每次道歉都又快又诚恳，这是她的优点。

她眨眨眼睛："我不该这么冲动去找百里缺，我没想那么多。"

她其实不是一个主动的人，别人不理她，她也不理别人就是。但在他面前，主动一下好像也无妨。

"但我找他，真的是有正经的——"

"我知道。"宋时歇侧头看她，"你若有话想说，我可以陪你一块。"

贸然接近百里缺那样的上位者，太危险。

舒相宜一愣，然后点头："好。"

宋时歇目光下滑，落到她手腕上，她真的太纤细瘦弱，百里缺稍微一用力，就在她手腕留下了泛红的印记。

他半垂着眼睫，淡道："不是生气，我没生气。"

她一下子脑子卡壳，转不过弯来："不是生气是什么？"

他不答。

问完，她就反应过来了。

哦……不是生气，是吃醋啊。

安静了一会儿,舒相宜下定决心,开口道:"你还记得,我之前告诉过你,我之所以来这里,是有重要的事情要和百里缺说吗?"

宋时歇说:"嗯,当然记得。"

她说过的每一句话,她的一颦一笑,他都记得。

她深吸一口气:"我不是这里的人。"

宋时歇蓦地轻笑:"我知道你不是。"

"不,你不明白我的意思。我是说,我不是这里的人,不是绥国,也不是皇朝,哪里都不是,我不属于这个时代。"

在他面前将她最大的秘密毫无保留地摊开,她终于释然。

从此以后,她在他面前,再也不用掩饰不用顾忌。

舒相宜的嗓音犹如夏夜里的一股清风:"如果我说,我来自两千年后,我生长生活的地方和你生长生活的地方是同一片大陆,不过是两千年后的大陆,你信吗?"

宋时歇没说话,只是沉默地注视着她,她猜不出他在想什么。

她说:"前几次我之所以消失不见也是这样的原因,我回到了自己的时代。其实我没有离开多久,可在这里的时间却过去了很长,其中的过程很复杂,不是我可以控制的,我很难解释清楚……所以你们才找不着我。"

宋时歇还是沉默,他在消化这些内容。

舒相宜默默扶额,她说出来自己倒是爽快了,但听到这话的人应该会觉得她是个疯子吧?

舒相宜偷眼打量宋时歇的表情,他却倏地笑了,说的却是另一番无关紧要的话:"破月镇里也有一户姓舒的人家,那家人很是温柔和善,家中的大儿子爽朗直率,在前年的时候,开了一家兵器锻造铺;小儿子一身书卷气,整日刻苦念书,想要出人头地。"

舒相宜不明就里。

他偏头含笑看着她,玩笑道:"你说,他们会不会就是你的先人呢?"

他的反应令她怔然,他轻而易举就相信了她,还有心思开玩笑。

舒相宜顺着他的话头道:"可能是吧,说不定我是舒家小儿子的后代。"

宋时歇轻叹:"早知道,我应该去和他们打好关系的,告诉他们——"

他忽然顿住了口,不再继续说。

半晌,舒相宜小心翼翼地问:"你为什么相信我?"

明明她的话那么疯狂。

宋时歇反问:"为什么不信?你身上有那么多与我们不同的地方。我初次见到你的时候,就觉得你是和我们不一样的人,而且,"他嘴角勾起,玩笑道,"谁能编出这样的谎话来?嗯?2000年后?"

舒相宜也跟着笑了，他除了相信她，好像也没有别的办法了。

他转眼望着她，想起第一次见到她的时候，她一身绿色裙子，锁骨和半截小腿裸露在空气中，脸色微微发白。他有怀疑过，她到底是怎么出现的，除了绝顶的轻功外，不可能悄无声息地就出现在他的视野里，可她并不会武功。

除了她的的确确是来自未来，没有别的解释。

她或许永远不会知道，她与生俱来的神秘吸引力，多么令人着迷。

宋时歇开口："在摘星城那次，你消失了整整三天，你知道我在想什么吗？"

"想什么？"

"我以为再也见不到你了。"

就像她突然出现那样，突然消失。

明明是很平淡的一句话，舒相宜却心头一跳。

这个夜晚，舒相宜把自己知晓的通通告诉宋时歇，关于博物馆的所见所闻、关于那座百里缺的青铜雕塑、关于那些陪葬的百姓，以及她知晓的绥国的结局。

"你想想看，2000年后的所有人，都不知晓绥国的这段历史，是不是恰恰证明了，它是错误的，是需要被纠正的呢？"

听完后,宋时歇表情很严肃,他思索了很久,道:"如果一切早已成为定局,那么擅自改变历史进程,未必是好事。"

"难道就眼睁睁看着绥国覆灭,看着百姓们流离失所吗?"

她何尝不知道自己擅自插手,可能引发蝴蝶效应。

但她做不到袖手旁观。

"那你有没有想过,若是我们的未来,也就是你们的过去,真的发生了改变,说不定未来就没有你了。"

她望着他脱口而出:"至少你们都活着。"

宋时歇微怔。

她明白宋时歇的忧虑,可能在有些人眼里,会觉得她这样的行为很"圣母",管好自己就行了,干吗要去插手别人的事。

可是人生短暂,大部分人在平凡世界里碌碌无为,试问谁没有在累极的某个时刻,产生过英雄梦想呢?

当契机来临,当她成为唯一的那个知晓命运的最特殊的人时,她怎么能不心潮澎湃?

她想起自己在第二次穿越前曾问过郁都馆长,有没有看过《X战警·逆转未来》,那是她最爱的一部电影。

现实世界遭遇危机,金刚狼在X教授的托付下回到过去,试图扭转错误,拯救所有人的命运。他做到了,未来发生了改变,无数离去的生命被重启,虽然他们不曾记得,但结局温馨美好,没有比这更好的事了。

她现在想要做的事情,与这部电影有些类似。

她没有超能力,但她依然妄想着拯救一切。

用她的微薄之力,逆转过去。

宋时歇思忖一阵,问她:"你想把这些都告诉公子缺?"

舒相宜摇摇头:"我跟公子缺没那么熟,当然不可能告诉他我来自未来,他要么觉得我脑子不正常,要么觉得……不,他肯定觉得我脑子不正常。"

这话听得某人身心舒畅。

宋时歇睨她一眼,点头认同:"这倒是,不是谁都跟我一样接受能力强。"

舒相宜一噎。

宋时歇问:"你本来想如何劝他?"

舒相宜定了定神:"我想过了,既然百里临渊无论如何都不会改变主意,而且他对百里缺有了杀心,那么,百里缺完全可以取他而代之,以一国之君的身份向皇朝投降,这是保全所有人的最好的办法。"

宋时歇微愣,而后一笑:"你想让公子缺弑君?他可是君上的儿子,弑君弑父都是大逆不道的。"

"也不用做到这个程度吧……"舒相宜说,"总之,我们一定要阻止百里缺以身殉天,告诉他这一切都是百里临渊的阴谋,百里临渊只是想除去绊脚石而已,他根本不可能投降,你想办法——"

宋时歇目光沉了沉:"不必了。"

舒相宜继续说:"帮我劝劝他。"

"他拒绝了。"

宋时歇侧头看着她,抿紧嘴唇,眸光晦暗不明。

舒相宜一愣,几乎要怀疑自己的耳朵:"等等……你刚才说什么?"

宋时歇表情平静,一字一顿恍若千斤重:"你刚才说得不错,君上的确提出只要公子缺以身殉天,那么君上便愿意投降。"

舒相宜怔怔看着他。

"但是,公子缺拒绝了君上的提议,他拒绝以身殉天。"

舒相宜张了张口,几乎反应不过来:"他拒绝了?怎么可能?为什么?他可是百里缺!"

宋时歇的话大大出乎她的预料,百里缺拒绝了百里临渊的提议,怎么可能?他可是百里缺,爱国爱民、心怀天下、完美无缺的百里缺,如果是这样,那嬷嬷、阿翠还有郁都馆长告诉她的一切该怎么解释?

宋时歇挑唇讥嘲地笑了笑,说不出是失望还是什么:"或许,在自己的性命面前,百姓们的爱戴不值一提。"

一顿,他道:"刚才我去寻他,本是想请辞。"

与百里缺越是接触,越是觉得他与传言相去甚远。百里缺其人,太浮于表面了,他与百里缺不是一路人。

舒相宜脑子里一时间乱成一团。

宋时歇安抚她:"照你刚才那么说,公子缺没有死,对于百姓们来说是好事才对。"

舒相宜摇头:"我之所以来到这里,就是为了救他。"

他问:"你怎么知道你一定是为他而来?"

舒相宜一呆。

宋时歇漫不经心地望着远处,低而轻的嗓音因为夜色的衬托显得格外清晰:"说不定,只是为了遇见我呢?"

舒相宜愣住。

宋时歇蓦地低笑一声,目光落至她脸上:"我需要你好好活着,不论是在这里,还是在2000年后,你能答应我吗?"

注视着他温柔笑看着她的眼,她情不自禁轻轻点头。

他搂住她跃下屋顶,玩笑道:"时候不早了,早些休息,剩下的让我来处理。"

"可是……"

舒相宜还想说,宋时歇却将她往屋内一推:"你能选择信任我,告诉我这些，不独自一个人承受，我真的很高兴。"

他浅褐色的眼眸微微弯起弧度："相宜，靠一靠我。"

于是，她再也说不出话来了。

洗漱完毕，临上床前，舒相宜透过窗户往外看，宋时歇并未离开，而是静坐在院子里。

她曾无意中提过一句，这里的夜晚很暗，到处黑漆漆的。于是他从那天起，每天等她睡着了，才会离开。

她心中情难自禁，忍不住探出头去喊他的名字："宋时歇！"

宋时歇回头，他眼底同样情绪翻涌。

她挥挥手，万般言语化为一句："晚安！"

宋时歇微微愣神，然后弯了弯唇，回复了一模一样的话："晚安。"

直到她床头的油灯熄灭很久后，他才缓缓踱着步子往外走。

看着他的背影，舒相宜不禁想，最难过的人，其实就是他吧。

虽然他一直在对她笑，让她不要担心，但比起她这个异乡人，他才是真真切切的绥国人，他在这里生活了二十多年，破月镇的每一张面孔他几乎都认识。

她就这样赤裸裸地告诉他，他一直为之努力的事情，早已成为定局，对他太残忍了。

舒相宜神情惶惶，恍惚中，她觉得自己已经深陷历史长河之中，成为这个故事的一部分。

第五次穿越后。

舒相宜推开房间的门，外面一个人都没有，花园里的花草也仿佛在一夜间枯萎，无人打理。

好不容易找到个扫地的婆婆打听，她才知道，百里缺遣散了府内的幕僚和大半随从，带着极小部分亲信离开了这里，宋时歇也不知所终。

她心头震荡，她这次竟然消失了整整十天。

舒相宜找到宋时歇住的院子，试图找一找宋时歇有没有留下什么线索给她。她这次离去前特意跟宋时歇打过招呼，想来他不会过多担忧。

可不料，她刚一踏进院子，便一眼看到地上多了一小摊早已干涸的暗红血迹。

舒相宜僵在原地，反复确认那是血迹后，浑身上下犹如被一盆凉水浇透。宋时歇说剩下的由他来处理，他究竟是怎么处理的？难道在自己不在的这十天里，他出什么意外了？

她跑进屋子里，到处找了一番，什么都没有发现，她的推测不可控制地朝最糟糕的方向发展，这时，身后忽然传来脚步声。

舒相宜惊喜地回过头："宋时歇！"

"舒姑娘?"

来人并不是宋时歇,而是在百里缺身旁伺候的阿云侍卫。

阿云惊讶:"你怎么会在这里?"

舒相宜一时无法解释:"我……我就是来看看。"

阿云颔首道:"这里已经不再居住了,姑娘以后不必再来了。"

"不再居住了?"

"是,公子暂时入住了城北的别院,公子府即将被拆除。"

舒相宜并不关心这些,百里缺愿意住哪里是他的事。她站起身径直问:"你可知道宋时歇在哪里?"

阿云点头,并不瞒她:"宋先生自然和公子在一块。"

"他受伤了?"

阿云摇头,不知她何出此问:"宋先生当然没有受伤。"

舒相宜松了口气:"那就好。"

她转念一想,又觉得有些不对劲,宋时歇不是说过要请辞吗,怎么会还和百里缺待在一块?

她顾不得细想:"麻烦云侍卫带我过去。"

阿云应道:"宋先生早就叮嘱过,若是见到姑娘,便带姑娘过去。"

"谢谢你。"

舒相宜点点头,宋时歇果然做好了万全之策。

正要离开这里,她目光再度落在那摊血迹上,如果说宋时歇安然无恙,那么这摊血……

她猛然想起他们怀疑小豆子偷窃玉佩一事,脸色尽失。

"小豆子呢?"

阿云闻言果然目光躲闪:"姑娘还是快随我去见公子和宋先生吧,多日不见,想必宋先生很是想念。"

舒相宜坚持:"我问小豆子人呢?"

阿云沉默了。

舒相宜手指开始发颤:"你们把他怎么样了?"

见瞒不过,阿云严肃道:"他已经承认了,是他偷走了公子的玉佩。"

舒相宜想也不想就否认:"不可能。"

阿云脸色冷了冷:"他亲口承认的,还能有假?"

"我说不可能,他没有偷玉佩!"

"我劝姑娘还是不要再固执了,他盗走了公子的珍贵之物,自然要受惩罚的。"

惩罚,舒相宜被这两个字震慑。

舒相宜扯住他的衣袖:"带我去见他!"

阿云僵着脸一动不动:"姑娘……"

"我要亲眼见到他!"

第十三章

小豆子的梦想

舒相宜站在远处，犹豫着不敢上前相认。

她在半个时辰前，在百里缺新的住所见到了宋时歇。阿云请示了百里缺后，终于松了口。

舒相宜很迷惑，总觉得不真实。

眼前那个人真的是小豆子吗？他衣服破烂不堪，浑身上下血肉模糊，手臂以奇异的角度弯曲着，他一贯清亮的眼睛紧紧闭着，就这样无知无觉地躺在那里。

他被严刑逼供了一番后，像垃圾一样被人丢在荒郊野岭，等着野兽将他吞噬干净。

他还有呼吸吗？

一个好端端的人，怎么会变成这个样子呢？明明上次见他还活蹦乱跳的。

　　这一定是梦吧，小豆子消失不见，肯定是调皮捣蛋又跑去哪里玩了。等他回来，她一定要好好教训他一顿，害她担惊受怕。

　　宋时歇先她一步迈步走向了地上那个身影，探他的呼吸，与他低声说了些什么。那个身影似乎醒转过来，勉强动了动，咳出一大摊血："时歇哥……相宜姐？"

　　舒相宜僵在原地动弹不得。

　　小豆子笑道："我就知道……你们会来找我。"

　　宋时歇眸中悲痛难掩："不是说了让你老老实实地待在师父、师娘家吗？"

　　在舒相宜消失的这十天里，他越发忙碌，整夜整夜都要和百里缺商谈要事，无暇顾及小豆子，便将小豆子安置在师父、师娘那里。

　　可没两天，小豆子就消失不见了，这情况不是头一次出现，本以为他只是贪玩，过一阵就会回来，没想到……

　　小豆子手指动了动，宋时歇飞快察觉到，紧紧握住了他的手。

　　小豆子迷茫地开口："你们……都走了……是不要我了吗？"

　　"怎么可能。你是我最乖巧听话的弟弟，我们怎么可能不要你？"

　　舒相宜上前几步跪在地上，她掏出手帕试图擦掉他脸颊的血渍，但手一直不停发抖,怎么也擦不干净。她想查看小豆子的伤势,却没有勇气。

"是不是很疼?"舒相宜轻轻问。

小豆子摇头,然后想了想,又不好意思地点了下头。

他勉强咧开嘴冲舒相宜笑:"我是顶天立地的男子汉……男子汉,是不能怕疼的。"

舒相宜眼眶一红。

小豆子很虚弱,明显是强撑着一口气:"那天晚上……其实我……我找到了玉佩。"

舒相宜愣怔。

"他们污蔑是我偷的,我气不过……所以……所以偏不想还回去……还将它埋了起来……"

他瘪了下嘴,眼前的舒相宜模模糊糊的:"相宜姐……对不起……我没有把玉佩送回去……"

宋时歇轻柔地抚开他的额发:"没关系,我们不怪你。"

舒相宜勉强提了提嘴角:"你这个笨蛋,他们来抓你,你不知道跑吗?"

"那些人一直打我,还说……若是我不承认,就会牵连到你和时歇哥……我害怕,就……就承认了。"

舒相宜呼吸一停。

她缓缓扭过头去，不远处的百里缺腰间果然悬挂着那枚失而复得的玉佩。她从郁都馆长那里见过这枚玉佩，通体雪白，很是精致好看。

小豆子目光渐渐涣散："明明是他们自己弄丢的……为什么要怪我呀？"

舒相宜说不出话来。

小豆子兀自喃喃："时歇哥……相宜姐，我保护好你们了吗？那些坏人……没有找你们的麻烦吧？"

舒相宜含泪弯唇，柔声道："你保护得很好，我和你时歇哥都很安全。"

"那就……好了。"

小豆子迷迷糊糊不知道在想些什么，忽然又问："姐姐……你说，我这个样子……以后还能当大将军吗？"

舒相宜恍惚间回忆起某个夜晚，小豆子神采飞扬地提起："相宜姐，我想好了，我以后想当大将军！"

"大将军？"

"对！当一个顶天立地的大将军，在前线冲锋陷阵，保护你保护时歇哥，守卫我们绥国！"

"可是在前线很危险的，稍不小心就可能丢了性命。"

"我想保护你和时歇哥呀，你们就是我最亲的人。"

……

于是，舒相宜含笑保证："能的，一定能。"

小豆子由衷地笑了，他一直很相信相宜姐，相宜姐说一定能，那就一定能……

下一瞬间，身体里支撑他的最后一丝气力消失殆尽，他清亮的眼眸彻底失去了光彩。

舒相宜的眼泪"啪嗒"一下掉下来。

身后传来百里缺歉疚的声音："抱歉，节哀顺变。"

宋时歇面沉如水，置若罔闻。

舒相宜怔怔看着小豆子的尸体，泪流不止，身子一动不动。小豆子不该死的，让她怎么节哀顺变。

百里缺侧头望向阿云："怎么回事？"

阿云"扑通"一声跪下："阿云知错。"

百里缺冷了冷眉眼："我有说让你私自动刑吗？"

"阿云办事不当，甘愿接受处罚。"

他错不在办事不当，而是错在不该露出马脚。

百里缺吐出一口气，低声道："我自会给你们一个交代。"

舒相宜不在乎他给不给交代，小豆子已经不在了，说再多也是枉然。

身后忽然传来长剑出鞘的声音，紧接着是一声闷哼，和重物落地的声音。

舒相宜震惊地扭过头去，眼睁睁看着阿云倒地，暗红的血液自他胸口喷涌而出，一下子浸湿了土地。他徒劳地睁大眼睛，似乎难以置信。

百里缺眼底飞快地掠过一丝嫌恶，他退开几步，不让那鲜血溅到自己身上。

舒相宜呆住，不敢相信眼前所见。

宋时歇喉咙一紧，飞快捂住了她的双眼，涩声道："别看。"

她听见百里缺宽慰地笑了笑，他并未上前来，而是站得远远地对他们道："如此就算两清了，你们放心，我会找人好好安葬小……"他一顿，他并不知晓小豆子的名字。

他道："我定会找人好好安葬他，让他风风光光地离开。"

宋时歇沉默了一阵："好。"

舒相宜茫然地开口："阿云他……"

百里缺轻描淡写："他死不足惜。"

"死不足惜"这四个字就这么轻飘飘地被他说了出来。

这就是他给的交代？用阿云的命来抵小豆子的命？

舒相宜心中忽然翻涌起一阵阵恶心,她拉开宋时歇的手,别过脸去不停干呕。

宋时歇皱紧眉头,轻轻拍打她的后背。

阿云哪里有资格擅作主张,小豆子身上遭遇的一切,百里缺怎么可能不知道?他竟然将责任尽数推给阿云?

一枚玉佩,不过是一枚玉佩而已。

因为一枚玉佩,上位者举手投足间便决定了小豆子和阿云的命运。

小豆子无端被诬,阿云罪不至死,却付出了生命的代价。

转眼间,两条活生生的人命在她眼前消逝,他们无声无息地躺在那里,草率地走到了人生的尽头。

看着百里缺看似关切,实则无动于衷的样子,舒相宜只觉得浑身发抖,寒意一阵一阵地往头顶冒。

百里缺根本不是真正关心黎民百姓,他自私自利,在乎的只有自己的名声。

可殊不知,好名声需要很长时间才能建立,毁灭却只需要一刹那。

对他来说,小豆子只是个无关紧要的人,他根本不在乎。他唯一在乎的是,小豆子的血会染脏他一尘不染的衣裳和昂贵的鞋履。

他绝不容许自己跌入尘埃。

舒相宜不愿去城北百里缺的别院住。

宋时歇便陪着她,暂且在外面的客栈住了下来。

舒相宜心中郁悒难解,安葬了小豆子后,接连三日闭门不出。

其间,百里缺派了好几个随从过来寻宋时歇,他每次只简单回复几句,并未随他们回去。

今天天气很好。

外面车水马龙,不少小贩挑着装满食物的担子沿街叫卖,香气飘得满大街都是。虽然皇朝大军随时可能攻打过来,但日子总归要过。

舒相宜望着窗外发呆,一点也提不起兴趣来。

宋时歇与百里缺的随从交谈完之后推门而入。

舒相宜头也不回便问:"你不是说要请辞吗?"

宋时歇说:"还有点事情没办完。"

"他们害死了小豆子,你还要帮他们?"

宋时歇沉默了一会儿:"我帮的不是他们。"

舒相宜其实心里很清楚,这个世界不是非黑即白的,也不是围着她一个人转的。"百里缺"这三个字承载了太多太多,他是百姓们的希望,她并不怨宋时歇,她只是心里的芥蒂迟迟消散不了而已。

她吐出一口气,转头扫他一眼:"你很忙吗?若是忙的话……"

宋时歇一顿,淡笑:"今日不是很忙。"

舒相宜目光落至桌上搁了很久的花环上，鲜艳的花朵早已枯萎凋零，她却不肯丢弃。

原本以为她来到这里，已经做好了面对一切的准备。

准备好了面对生离死别。

不曾想，她根本无法接受自己亲眼看到的那一幕，无法接受朝夕相处的人一个个离去。

她只觉得无力，无力回天，无力反抗。

她突然说：“宋时歌，答应我，你一定要好好活着。”

宋时歌微微愣怔，回复她：“好，我尽量。”

因为她没有回头，所以没有注意到，宋时歌眉眼沉沉，眼底有莫名的情绪在翻涌着。

宋时歌在她身后站定，轻叹了一声，然后道：“相宜，咱们出去走一走吧。”

舒相宜摇头，她不想出去走。

宋时歌弯唇：“就当是陪我。”

当年百里临渊将这里定为王都，是因为这里有一处别的地方看不到的景致。

传闻，百里临渊第一次见到已逝的君后时，就是在这儿。

走了差不多半个时辰的山路，路途中下了点小雨。刚刚抵达半山腰，雨正好停了。

眼前豁然开朗，一路上听到的水声来自从山顶倾泻而下的瀑布，隐约看过去，瀑布里似乎别有洞天。清澈的瀑布水流入眼前碧色的湖水之中，湖边开满了不知名的紫色小野花。

从这里远眺，可以看到整个王宫。

舒相宜深吸一口气，郁结的情绪仿佛一扫而空。

她轻喃："这里真的很美，君上一定是对君后一见钟情。"

知道宋时歇是有意带她散心，她不想拂了他的一番好意，心里也明白，小豆子肯定也不愿意看到她这副失落的样子。

调整好心态后，她强打起精神来，蹲下身子，毫不讲究地掬起一捧水，喝了一口，仰头笑道："这水很甜，你要不要尝尝看？"

宋时歇毫不客气地俯身，把头低下来，动作极自然地就着她的手喝了一口，他的唇滑过她的掌心。

"嗯，是很甜。"

舒相宜微怔，看着掌心的水一点点从指缝里流逝。

回过神转过头，却见宋时歇已经借助工具生起了一堆火。他坐在火堆旁，不忘拍拍身边的空地，示意她坐过去。

"2000年后是什么样子的？"

未料到他突然这么问，舒相宜思考了一下才说："2000年后和现在完全不同。"

她举了个例子："比如交通工具，发生了很大改变。"

"给你看一样东西。"

她在裙子里翻翻找找，为了方便携带，她在每一条裙子里都缝了一个口袋，将速写本拆开叠起来连同手机一起搁在里面。

手机使她有安全感。

她把手机翻出来，开了机："这是手机，我们那儿人人都有，通过它，即使相隔很远，也能通上话。后来随着科技渐渐发展，手机又开发出了许多新的功能，其中一项功能是我最喜欢的，可以快捷方便地记录生活中的每一刻。"

她打开相册，将自己以前为了临摹而拍摄的街景图给他看："你瞧，这些高楼是我们居住的房子，街道上是汽车，不用马匹便能移动，而且移动速度很快。"

宋时歇却说："看起来冷冰冰的。"

本意是想要他惊叹，然而他的关注点另她意外，舒相宜点头："是很冷冰冰。"

高楼大厦用坚硬的外壳包裹着，人类想要出行也要缩在小小的铁盒子里，看起来冷冰冰的毫无人情味。

舒相宜靠近那堆火，让身体暖和："第一次来到这里之后，我很想回去。我们那里生活节奏很快，有太多我依赖的东西，还有太多没有完成的事情，包括学业。说起学业，我们那里人人都可以读书，有九年制义务教育。"

他的眼眸沉静入水："后来呢？"

"后来，我还是决定回来，原因你已经知道了……再后来呢，我开始真真切切喜欢上这片土地，舍不得离开这里。"

宋时歇挑唇一笑，用寻来的干燥树枝拨动眼前的火堆："它哪里吸引了你？"

舒相宜定定盯着那堆噼里啪啦的火，火焰在她眼底跳跃："这里空气更加清新，水更加清澈，温度也更加适宜，这里很慢。"

她陡然从快节奏的 21 世纪，来到这个一切都很慢的地方。

烧开一壶水很慢，传递一封信很慢，爱上一个人同样很慢。

等她骤然发觉的时候，早已深陷其中了。

舒相宜介绍了许多关于现代的事情。

宋时歇表示很感兴趣："真想亲眼去瞧一瞧你生活过的地方。"

舒相宜拍着他的肩膀："若是你真有机会来，我请你吃饭，请你看电影，请你去迪士尼乐园玩。"

这么一想，她忍不住撇嘴："我只是在这里没钱而已。"

不知道是这火焰太炽热使她产生了错觉,还是宋时歇此刻的眼神真的很温柔:"没关系,在这里我可以养你。"

舒相宜怔了怔,然后玩笑道:"哎,你知道你这是在跟 21 世纪自立自强的新女性说话吗?"

"哦,那么请问 21 世纪自立自强的新女性,打算什么时候把客栈房费付一下?"

舒相宜抬手就打他。

宋时歇笑着躲开,他睨她一眼:"你在那边对人都这么大方的?"

"怎么可能?我才不会随随便便请客,除非——"

脱口而出后,她才察觉到这句话的暧昧。

除非——那个人是你。

她告诉他:"这是我第五次从 2000 年前来到这里。"

不论什么都是有期限的,哪有什么天长地久。

舒相宜不无遗憾:"如果没有猜错的话,只剩最后两次机会,然后我就再也无法回来了。"

这意味着,她再也见不到他了。

宋时歇顿了顿,他并没有追问,盯着她看了好一会儿,然后笑道:"若是有机会,我一定去那儿找你。"

这是多么虚无缥缈的承诺呀。

他与她之间相隔着 2000 多年。

不是 2000 公里，不是 2000 米海拔，而是 2000 多年的漫长岁月。

它是跋山涉水上天入地都无法到达的距离。

舒相宜却随之笑弯了眼，好像他真的会来一样："那就说定了，若是没来，我肯定掘地三尺把你挖出来，找你的麻烦。"

宋时歇正色："既然如此，为感谢你挖掘之恩，我也不能太小气才是。"

宋时歇带舒相宜吃了许多王都的特色食物。

傍晚的时候，舒相宜揩着吃撑的肚子，和他沿着河边散步，她感叹："当幕僚就是好，能赚这么多钱，以后都吃穿不愁了。"

"没错，"宋时歇自然地接过话头，"随便出几个主意就能赚大钱，比辛苦卖画赚钱轻松多了。"

舒相宜惊讶："你知道我在卖画？"

百里缺不肯见她的那些日子里，她左右无聊，便借助府里的资源，画了好几幅帛画，假装是宫中流出的作品，偷偷让小豆子拿到外面去卖，很不容易才挣到几个钱。

她用那钱给宋时歇换了辆新的马车，还给小豆子置办了几身新衣服。

"是啊，我还买了几幅呢。"宋时歇轻笑，"那《画船听雨眠图》《落霞与孤鹜齐飞图》，名字一听就是你亲自作的。"

舒相宜不理会他的调侃，嘴角不自觉地上扬："原来你就是那个冤大头。"

不远处几个年纪相仿的男子朝这边靠近，他们说话的声音很大——

"你们听说了吗，君上同意投降了！"

舒相宜心头震荡，忍不住朝那个方向看过去。

"当然听说了，我父亲在宫里做事，宫里都传遍了。还听说公子缺为了护住我们的性命，决定在祭天的日子里，以身殉天，为我们绥国子民祈福！"

"公子缺竟然愿意为我们做到如此地步！"

"公子缺真是心善，听说他还打算将公子府拆除，给我们建学堂。"

……

听了他们的话,舒相宜惊愕不已,她不在的这十天里还发生了什么？

"到底怎么回事？百里缺又改变主意了？他怎么又突然愿意殉天了？"她转念一想，明白过来，"你最近在百里缺身边，就是在忙这件事？"

宋时歇笑容敛了敛，也凝望着那个方向："是。"

舒相宜皱紧眉头又惊又疑，她不明白宋时歇为什么要这么做。

明知是陷阱，明知后果是什么，还要重蹈覆辙。

宋时歇看出她有许多想问的，倏地弯唇："放心，一切交给我，不会有事的。"

她不知道他究竟做了什么打算,但事已至此,她能信任的也只有他了。

他们慢慢往客栈的方向走。

宋时歇忽然说:"对了,明天我有事,可能不能陪你了。"

舒相宜点头,并没有多想:"好。"

宋时歇叮嘱道:"你可以在王都逛一逛,但入夜之前一定要记得回来。一个女孩子总归不太安全。"

舒相宜玩笑道:"怎么说得好像你不会回来了一样。"

宋时歇一默。

舒相宜心头一跳:"你要去做什么?"

宋时歇眼神一柔,抬手揉乱她的头发,答非所问:"等我。"

第十四章

埋在尘埃里的光

舒相宜辗转反侧,一夜没有睡着。

天一亮她便去敲宋时歇房间的门,他果然已经不在了。

她心中莫名不安,没有出门的计划,索性待在他房间等他,可她一直等到深夜他都没有回来。

次日清晨,他房间里还是空荡荡的。

她心中惶惶,没有别的办法,她只能到别院求见百里缺。

门口的守卫不认识她,凶巴巴地说着百里缺入宫了,并不在此处,要把她赶走。好在有常年在百里缺身边伺候的侍卫认出了她,进去禀报,得到回复后,将她领了进去。

舒相宜是在一间装潢很朴素的屋子里见到百里缺的,他躺在摇椅上闭目养神。

她从百里缺口中，才得知答案："他入宫了。"

舒相宜蹙起眉，不明白他这话是什么意思："他入宫干什么？"

宋时歇只是百里缺的幕僚而已，百里缺自己都没有入宫，他好端端的入什么宫？

百里缺答非所问："下个月初五，便是祭天的日子了，有许多事需要处理。"

"祭天的日子，关宋时歇什么……"

她顿住口，忽然意识到眼前的百里缺并未穿着平日里那身白衣白裳，而是一袭青色长袍，像极了宋时歇平时的装束。

她四处打量，里面搁置的衣物和小物件都很熟悉……这分明是宋时歇住的房间，百里缺打扮成这副样子，待在宋时歇的房间里做什么？

舒相宜恐惧扩大，一阵头晕目眩，心绪激荡，依稀猜到了什么。

百里缺慢悠悠抬眼："宋先生没有告诉你吗？"

宋时歇返回别院的时候，正值晌午。

他没有去自己的房间，而是径直来到了百里缺的居所。

他在侍女的帮助下，把脸洗干净，然后换了一身常穿的衣服，奔波了这么久，他并不打算休息，而是直接踏出房外。

在穿过长廊的时候，脚步匆匆的他，忽然就停了下来。

晌午的阳光很刺眼，想贪心地照拂每一片土地，可无论如何努力，总会有阴影的存在。一个身影便蜷缩在唯一那片阴影之内，不知道待了多久了。

他注视着那道纤细的身影微微恍神，情难自禁地低低念出她的名字："相宜。"

舒相宜从沉思中回神，她揉了一下眼睛，抬眼望向宋时歇的方向："我等了你一天一夜，你一直没有回来，所以我来找你了。"

宋时歇喉咙干涩："抱歉。"

舒相宜扯了扯唇，勉强露出一个微笑的表情，然后单刀直入道："百里缺告诉我，他说你去宫里了？你去宫里做什么？"

宋时歇沉默了很久："是，我向公子缺献了一计。"

舒相宜紧紧盯着宋时歇的表情，想要从上面看出端倪来："你献了什么计？"

宋时歇抬起眼睫，却并未看她："我与公子缺身形相仿，容貌相似，是最好的人选。"

他这句话无疑是承认了。

舒相宜心中涌起的说不出是无力还是什么。

她捂住额头，一字一句斟酌用词："所以你便打算……以身替之？"

在等待他回来的这半个时辰里,她将他们相熟的这些日子,点点滴滴全部回想了一遍。

宋时歇是个什么样的人呢?

毫无疑问,破月镇的百姓们都很喜欢他,他热心善良乐于助人。他不是皇亲国戚,他无权无势,他只是一个来自破月镇的普通人,可他的行为却从没有普通过。

他虽身处尘埃,却心念天下。

他能做出这个决定,她不应该意外才是。

"你怎么都不提前和我说一声?"

宋时歇轻笑:"跟你说了,你会同意?"

舒相宜摇头,这太疯狂了。

宋时歇在舒相宜身旁坐下:"相宜,历史是不能改变的,虽然对现在的我们来说未来尚未发生,可对2000年后的你来说,以身殉天的的确确发生了。你亲眼见到了用他的血肉之躯塑成的雕塑,这些已成定局。诚然,我无法接受结局是皇朝踏平了绥国。"

宋时歇一顿,笑容漫开:"但我同样无法接受随意更改定局,若是因此,未来发生改变,2000年后说不定便没有你的存在了。"

宋时歇眸色极深:"我不愿看到这些。"

舒相宜咬紧嘴唇。

宋时歇对她很有耐心："既然我们已经知晓君上是在给公子缺设局，那我们完全可以利用这一点。我若扮成公子缺的样子替他殉天，让真正的公子缺得以存活。那么等到君上反悔之际，民心震荡，公子缺便可以扭转这局面。他是最受绥国子民爱戴之人，也只有他，可以庇护绥国子民。若是成功，绥国便不是举国覆灭，而是尚有一线生机。"

"你这样让我觉得自己毫无用处。"

宋时歇微笑着说："相宜，你做得很好，是你让我们领先君上一步。"

舒相宜苦笑："这就是你想到的解决办法？"

他颔首，眼底流淌着浅浅笑意："除此之外，别无他法。"

除此之外，别无他法。

他竟打算，用他的性命去替百里缺送死。

难怪百里缺毫不留念地结束了在身边服侍多年的阿云的性命，他根本不是因为对小豆子的死心怀愧疚，为的就是挽留住宋时歇而已。宋时歇愿意替他送死，好名声依然归他，他肯定求之不得吧。

舒相宜心中隐隐赞同，宋时歇的主意真的很好，可行性很高。

宋时歇本是随性洒脱之人，却心甘情愿为绥国百姓所束缚，试问有几个人有他这样的胸襟呢？

绥国被皇朝覆灭是替百里缺殉葬的嬷嬷、阿翠告诉她的，实际上并没有人知道绥国真正的结局，说不定绥国百姓在百里缺的庇佑下隐姓埋名活了下来呢?

她不停地冲宋时歇摇头,这不是她想要看到的,她无法说服自己眼睁睁看着他送死。

他怎么能如此轻描淡写,坦然接受?

舒相宜知道自己劝不了他,只是不甘心:"就不能假死吗?非得……"

她说不出口。

他唇边依然噙着笑:"众目睽睽之下,如何假死?"

"难道没有那种假死的药吗?"

宋时歇轻轻叹了一声,用哄小孩的语气轻声道:"傻子,祭天大典不是小事,这种雕虫小技是骗不过宫中之人的。"

他没有给自己预设任何退路。

她又气恼又心疼,忍不住轻声斥道:"你图什么?"

"天下安康。"宋时歇说。

舒相宜怔然。

"你说绥国不存在于历史长河之中,世人并不知晓它的存在。可我却觉得,肯定有人在缅怀着那些离开的人。

"遗忘,并不能磨灭它存在的痕迹。它是真实存在的,你现在脚下所踩的,就是我们绥国的土地,有数以万计的百姓在这里生活。"

宋时歇拉着舒相宜的手抚摸他的脸，他笑："你瞧，我也是真实存在的。"

舒相宜用力拉扯着他的脸颊，宋时歇的脸被她拉扯得变了形，他却眉头也不皱一下。

舒相宜定定看着他的双眼，困惑道："你真的是真实存在的吗？世上怎么会有你这样的人？出风头的机会都让给别人，心甘情愿当一个幕后英雄？"

宋时歇犹豫了一瞬间，将手搭在她腰上，很轻地搂住她，眉眼含笑："我当然是真实存在的。"

"是吗，我不信。"

宋时歇微微挑眉："那怎样你才信？"

"你证明给我看。"

"如何证明——"

话音刚落，舒相宜欺身上前，轻轻咬住了他的嘴唇，明明羞涩又青涩，却又要装成大胆老成的模样。

宋时歇怔忪过后，轻轻喟叹，她的嘴唇比他想象的还要柔软。

他更紧地搂住了她。

然后反客为主。

百里缺为天下苍生考量，决心以身殉天。

消息传开后,"百里缺"每次入宫,都会有无数百姓来送他,他们给"百里缺"送上自家种的蔬果,虽然廉价却饱含他们的心意。

真正的百里缺高高在上惯了,从不会与百姓亲密接触,他只会游刃有余地冲他们颔首微笑。可宋时歇不同,他亲自上前收下了每一份礼物,然后温声嘱咐几句。

如此一来,自然耽搁了不少时间。

舒相宜站在二楼,往外张望,忍不住道:"你让宋时歇扮成你,就不怕君上认出来?"

桌子另一头乔装打扮过的百里缺沉默片刻,脸上浮现出一个讽刺的笑:"他不会认出来的。"

暂且不说宋时歇本就与他相貌神似,只需稍稍易容,再换上一身白衣便能骗过不敢直视他的宫中众人。声音模仿,也并非难事。

百里临渊根本不会仔细看他,也从未细看过他,怎么可能认出来?

这笑容很快消失,他又恢复了云淡风轻的模样,他端起茶盏:"我相信宋先生不会让自己陷入危险的境地。"

舒相宜对百里缺的尊敬早已消失殆尽,只觉得他装模作样,不甘心宋时歇为这样的人献出生命。

她深吸一口气,冷冷扫了他一眼:"公子这么早便让宋时歇扮成你的模样入宫,可是有计划了?"

百里缺低垂着眼:"这些就不用舒姑娘担忧了。"

他的目光落至楼下宋时歇的身上，似有所思。

舒相宜咬紧牙关，不再与他说话。

外面长街上忽然传出一阵喧哗，似乎是百里临渊派来护送的士兵们在催促宋时歇快些入宫，其中几个士兵暴躁地将百姓们送上的水果打翻在地。

此举惹恼了百姓，他们纷纷簇拥在宋时歇身前。身穿盔甲的士兵见他们如此，越发觉得他们是一群刁民，将手中利刃对准了手无寸铁的百姓。

她远远看着，百姓们一步不让，与其形成对峙之势。

人群中，宋时歇那样耀眼，一尘不染的白色衣裳仿佛要与同样夺目的日光融为一体。

距离太远，她看不清他脸上的表情，也听不见他在说什么。

可她却能猜到，此情此景不是他想要的，他一定很不开心。

舒相宜回想起初次穿越，她在绥国见到的第一个人就是宋时歇。

是他，为什么会是他，为什么偏偏是他？她明明触碰的是百里缺的雕塑，难道见到的人不应该是百里缺吗……

直到此时此刻，她才终于想明白，那雕塑根本就不是百里缺，他从头到尾都是宋时歇。

他不在乎世人是不是知晓他的名字，他心甘情愿献出生命。

他坦然接受，她便也只能坦然接受。

看着眼前曾在博物馆帛画上见过的一幕，她心中骤然钝痛。

现在，是最后关头了。

这次进宫，宋时歌遇到了一个意想不到的人——

很久不见的花欲语。

花欲语被百里临渊封为灵夫人，整日都穿着艳丽到了极致的红色裙子。身边好几个侍女簇拥着她，生怕她磕着碰着。

灵夫人，她像一只百灵鸟，被百里临渊束缚在笼子里。

她一眼就看到了被众人簇拥着的宋时歌，她笑吟吟地道："是你。"

她嗓音轻轻："我知道你是谁。"

她是特意在此处等候他的。

她一如往昔，调皮地冲他做了个鬼脸，然后大发雷霆，呵斥身边的人滚开。身边伺候的人习惯了她的喜怒无常，朝宋时歌行了个礼后，便纷纷退去。

宋时歌凝神看了花欲语一会儿，她瘦了很多，精致的妆容不仅让她像一个晶莹剔透的瓷娃娃，也把她的神采全部掩盖了。

这里人多眼杂，宋时歇抓住她的胳膊，把她往后带，行到无人能看到的地方才松手。

"你怎么会在这里？"

花欲语很不正经："我担心你……还有相宜啊。相宜呢，她还好吗？我很想她，你没有欺负她吧？"

宋时歇不理会她："到底怎么回事？"

花欲语只好解释："爹爹知道了画像被改的事，催促着我赶紧嫁人，我不想嫁给那些脑袋空空的人，便赌气一个人来王都寻你们。不料，刚一抵达王都，还没来得及找你们，我就被人认了出来……画像作假的事情被发现了。"

她并未遭到责罚，凭借美貌入了宫。

她本对百里临渊不冷不热，一心期盼他厌倦自己。但没想到众人口中深沉暴戾的百里临渊却对她很好，他很喜欢她的性子，对她很是包容，她想要什么，他便拱手给她，她真的成了宫中一霸。

花欲语从喉咙里发出一声笑："这样也挺好的，吃穿不愁，还有那么多人听我的话，我指挥他们爬树，他们就不敢下水。唔，比在破月镇嫁给那些个草包好多了。"

宋时歇不说话，只是眉头很紧地蹙着，他不知道她的话几分真几分假。

花欲语见宋时歇沉默不语，上前一步："初次看到公子缺时，我也吓了一跳，想找个机会查清楚究竟是怎么回事。后来你扮成百里缺的模样入宫，与君上说同意以身殉天的时候，我正好在偏殿，看到了你……我不知道你为什么要假扮成百里缺，是百里缺逼迫你的吗？就因为你相貌与他相似？"

她上前一步，满脸忧心忡忡："你放心，我不会拆穿你的。我来寻你是想同你说，你千万别冲动，我来想法子，一定会有法子的，你一定要好好活下来。"

一顿，她笑开："你还得替我照顾相宜呢。"

宋时歇点点头，没有时间与她细说，余光里已经有人在往这个方向接近。

他最后留下一句"万事小心，照顾好自己"然后匆匆离去了。

花欲语沉默地看着他的背影，因为见到他迸发出喜悦的眼睛重新归于沉寂。

宋时歇出了宫。

花欲语整理好情绪，慢悠悠踱回了百里临渊的寝殿。

百里临渊正在与几个大臣会面，她知道，宫中最近忙着为祭天大典做准备。

百里临渊轮廓深邃，侧颜英挺俊逸不减当年，只是额间多了几绺白发而已，若是不说他的真实年龄，根本没人能看出来。

见她过来，百里临渊让那几个大臣退下。

百里临渊一招手，花欲语便走过去伏在他的膝盖上撒娇："君上与那公子缺说了些什么？您整日与他见面，都无暇顾及妾身了。"

她如此直接提问，他也不生气，后宫其余女子皆怕他惧他，只有她敢在他面前肆无忌惮，就像他深爱的那个女人一样。

他轻抚着她的长发："缺儿是寡人的长子，他愿意在祭天大典为绥国百姓奉献出自己的生命来，自然马虎不得。"

花欲语好奇地看着他。

于是，百里临渊道："他提出，身死之后，不必让人陪葬。"

"您答应了？"

"他愿意孤单而去，寡人为何不答应？"

花欲语怔忪，半晌又道："妾身不明白，献出生命真的有用吗？上苍真的愿意看到……"

不等她说完，百里临渊便长眉一敛："不得胡言。"

花欲语一愣，默默低下头。

百里临渊平日里笑容极少，此刻却愿意淡笑着安抚她："好了，乖。这是一年一度为国为民祈福的大事，你安心当寡人的灵夫人，不必管这些。"

"妾身只是想替君上分忧罢了，"花欲语不服气道，"君上惯会吓唬妾身。"

百里临渊很享受她的卖乖，沉沉一笑："叫寡人临渊。"

"临……渊？"

"嗯，乖。"

于是她更加大胆，又喊："临渊，临渊，临渊。"

百里临渊微微眯眼，爱极了她这副样子，他一下下抚弄她的长发，似乎陷入某种回忆之中。

百里临渊，或许把她当成了逝去的君后吧。

花欲语更加不解，既然百里临渊深爱着君后，那他为何狠心看着自己与君后的独子成为祭品？

再联想到百里缺，与从小在破月镇长大从未涉足过王都的宋时歇容貌相似，这份相似真的只是偶然吗？宋时歇的父亲疯疯癫癫的，离世之前曾自称是什么绥国的开国将领，之前从未有人当真过，只觉得是个笑话……

某些事情似有若无地串联起来，她忍不住大胆推测——

难道百里缺不是百里临渊的……

百里缺与宋时歇之间……

她心中震撼，不敢再想。

第十五章

你可愿意同我成亲?

一桩桩一件件都按舒相宜早已预知的方向发展。

包括——

博物馆的嬷嬷提到过的,百里缺是在新婚的第二日入宫赴死的。

眼看初五的祭天大典将至,百里临渊忽然在这个关头提出让百里缺尽早完婚,以免他孑然一身遗憾而去。

百里临渊看似体贴关怀的要求,让舒相宜觉得很是意外。直到很久之后,她才从百里缺的亲信口中得知,成婚一事是百里临渊身旁的灵夫人提出来的,以示百里临渊对长子百里缺的爱护,灵夫人在百里临渊面前撒一撒娇,他便同意了。

百里临渊的吩咐,百里缺自然要听从,只是,舒相宜并未见到百里缺有心爱之人，他似乎也毫无娶妻的意向。

宋时歇思忖了一阵，道："事到如今，真正的公子缺有许多事情要提前部署，即便真有心爱之人，也无暇成婚，唯一的法子便是我来替他成婚。左右我每天扮成他的模样入宫，也不差成婚这一桩。"

舒相宜呆了呆，不由自主地望着他："那你打算和……"

宋时歇翘了翘嘴角，抬眸含笑瞥她："你可愿意同我成亲？这桩婚事只是假的，并且你最终会回到属于你的时代生活。"

他顿了顿，神态自若道："日后若是再嫁，应该不难。"

舒相宜毫不犹豫便点头答应："好啊。"

她如此爽快，令宋时歇怔然。

舒相宜这会儿才觉得羞涩，她别开眼："嗯，你们这儿讲究父母之命、媒妁之言，程序烦琐。我们那儿没这么多规矩，我们自由恋爱，想同谁在一起，便同谁在一起。所以你尽可放心，省去了向我家提亲的步骤。"

宋时歇一默："委屈你了。"

舒相宜摇头："我不委屈，这有什么可委屈的呢？"

舒相宜笑了笑，低头玩手指："与其看你随便找一个姑娘成亲，不如找一个熟悉的。与其看着你去祸害别人，不如……"

舒相宜说："你说得对，反正我可以回到 21 世纪，大不了……那时候再嫁便是了,反正没有人知道,对我造不成什么影响。"

"好。"

宋时歇笑弯了眼:"那我便祸害你,普天之下只祸害你一个。"

舒相宜一本正经地开玩笑:"保全了王都的姑娘们,不让她们成为寡妇,我可真是做了桩大好事了。"

舒相宜笑道:"反正,你是假的百里缺。"

宋时歇与她心灵相通,答道:"而你是假的百里夫人。"

天造地设,不能再般配了。

次日,宋时歇将此事告诉了百里缺。不知道他是如何解释为何选择同舒相宜成亲的,总之,百里缺在沉默了很久后,同意了。

宋时歇将以百里缺的名义,与舒相宜成亲。

整个绥国都将见证假百里缺与假百里夫人的喜事,这也算是给百姓们一点安慰了,他们最尊崇之人没有至死都孑然一身。

在即将踏入王宫之际,宋时歇站定在宫门外凝望着天际微微出神。

他能猜到花欲语对他的心思,花欲语何尝猜不到他对舒相宜的心思?

他明白花欲语拐弯抹角的意图,她之所以提议让百里缺在以身殉天之前成亲,是想送给他们一个风风光光的婚礼。

他忽然回想起那夜与舒相宜谈心时未说出口的话——

"破月镇里也有一户姓舒的人家,那家人很是温柔和善。家中的大儿子爽朗直率,在前年的时候,开了一家兵器锻造铺;小儿子一身书卷气,整日刻苦念书,想要出人头地。"

早知道,他应该提前和破月镇的舒姓人家打好关系的。

然后告诉他们,他爱上了他们2000年后的后人。他想问一问他们,能不能做主,把2000年后那个叫舒相宜的后人,嫁给他。

那时的他觉得造化弄人,可能连自己都无暇顾及,不敢连累他最心爱的姑娘,只能选择沉默。

现在能以这种形式光明正大地迎娶她。

他死而无憾。

回到21世纪后,舒相宜不敢耽搁。

她跑了无数家婚纱店,终于在傍晚即将关门的时候,买到了一身从没有人穿过的漂亮的婚纱和一套帅气的西服。

新品婚纱很贵,舒相宜却眉头也不皱。婚纱店的店员很惊诧,不理解为什么会有人买仅会穿一次的婚纱,舒相宜并不打算跟他们解释,她是想将他们成亲时穿过的婚纱妥帖收藏起来。

将衣服打好包,做好万全准备,她返回了博物馆。

闭馆时间刚刚过去,清洁人员打扫完卫生便回家了。郁都有洁癖,不厌其烦地拿着抹布擦拭已经擦过无数遍的玻璃柜。

　　他一眼便瞧见舒相宜的包裹，他看着舒相宜将包裹打开，然后小心翼翼地把裙子拿出来抖了抖，让它不至于产生褶皱。

　　郁都打量了一会儿："婚纱？"

　　舒相宜拿起裙子在身上比了比，笑道："很好看是不是？"

　　郁都笑了笑，目光里似乎含着某种深意："很美。"

　　顿了顿，他问："你带婚纱来做什么？可是要结婚了？"

　　舒相宜抿了抿嘴唇，郁都馆长对她很好，她不想对他撒谎，只是很轻地点点头："对。"

　　郁都便不再过问了，只道："恭喜了。"

　　"谢谢您。"

　　舒相宜又将那套西服取出来，思考着应该用什么方式带过去，是全部穿在身上比较好，还是扛在肩上比较好。

　　不料，郁都忽然喊她："舒姑娘。"

　　舒相宜转头："郁馆长有事？"

　　郁都很温和地笑了笑："多谢你。"

　　舒相宜迷惑："谢我什么？"

　　郁都说："不论是守夜还是别的什么，总之，感谢你为绥国做的一切。"

舒相宜以为他是感谢自己深夜守护绥国的文物，有一点不好意思："我好像也没做什么，守夜本来就是我的工作，您付了我工资了。"

郁都弯唇："我代表全体上下，多谢你。"

说着，他竟朝舒相宜郑重地鞠了一躬。

舒相宜连连摆手，被他的客气吓到："您太客气了，我做的只是分内的事。"

郁都点点头："嗯，舒姑娘你先忙，我就不打扰了。"

然后转身离去了。

舒相宜望着郁都的背影发了一会儿呆。

她之前一直没注意过，郁都为什么一直称呼她为"姑娘"？这实在是个很老旧的称呼。

现代常用的词汇不是"女士""小姐"之类的吗？

这疑惑一闪而过，她低头继续整理东西。

穿越之前，她心中祈祷着不要出差错，她必须赶在初五的祭天大典之前返回绥国。

上苍好似能听到她的话，她这次过来离回去只过了几个时辰而已。

婚礼举办得突然，作为君上的长子，必然不能太简陋。

几天的匆忙准备后，大婚在祭天大典前顺利举行，足足办了三天三夜。

一直到最后一夜,百里临渊都没有到场的意思,只派人送了不少贺礼来,百里临渊最宠爱的灵夫人也送上了贵重的贺礼。

百里临渊当着众人之面夸赞她懂事,字里行间有意扶持她为君后。

灵夫人并没有子嗣,此举令群臣哗然。

寝殿内。

花欲语从贴身侍女口中听闻了这个消息。

百里临渊是想要立自己为君后吗?她怔了很久,不敢猜测百里临渊究竟是不是在说玩笑话。

但毫无疑问——百里临渊从不说玩笑话。

花欲语思量着那番话,反复查看床底下,又试了试床头边茶水的温度,心中惶惶不安。

正发着呆,百里临渊走了进来。

花欲语恢复了神情,她主动迎上去挽住百里临渊的胳膊,大胆地亲了下他的侧脸:"君上走路怎么都没个声,害妾身吓了一大跳。"

百里临渊淡道:"寡人想看一看夫人独自一人,会做什么?"

他调情的话一贯都说得很正经。

花欲语笑了笑,心中笃定他没有看到自己刚才那番动作:"妾身还能做什么呢,不就是在等待君上吗?"

她替百里临渊脱下玄色长袍,扶他上床,然后钻进被子里,与他一同躺在了床榻上。

她将头在他肩膀上蹭了蹭:"公子缺大婚三日,君上为什么不去看一看公子缺的婚礼,难道不想知道您的儿媳妇长什么样子吗?"

百里临渊睨她:"是你想去看热闹吧?"

花欲语有理有据:"妾身从没有见过这么盛大的婚礼。"

"你就如此笃定,寡人若是去,定会带上你?"

花欲语毫不畏惧地瞪着他:"不带妾身,君上还想带哪个?"

百里临渊低笑:"你就不担心寡人盛装打扮的儿媳妇,抢了你的风头?"

花欲语咯咯笑个不停,想象着舒相宜穿喜服的模样,有些憧憬有些失落,但更多的是衷心的祝福。

她故意玩笑道:"谁能抢得了妾身的风头?"

百里临渊轻哼一声:"那倒也是,泼辣的女人总是能吸引眼球。"

花欲语似怒似嗔:"君上又取笑妾身!"

"你在后宫欺负别的夫人时,寡人可是一直站在你身后。"

花欲语捂住他的唇,恼道:"妾身才没有主动欺负过别人,妾身从未主动招惹过她们。明明是她们取笑妾身出身低贱,说妾身不配获得君上的宠爱。"

百里临渊轻嗤："低贱又如何，她们再高贵也踩不到你头上来。"

花欲语笑："君上待妾身真好。"

心中却清楚，她是因为受到百里临渊宠爱，才会被他捧在手心里，其他不受宠爱的人只能逆来顺受。若是有朝一日，她不再受宠爱了呢？

百里临渊露出一个很寡淡的笑，他深深凝望着花欲语，似是要望进她心里："既然如此，夫人可愿一直陪伴在寡人身边？"

花欲语心头一动，她探出身子将床边放温的茶水递到百里临渊唇边："妾身现在不是正陪在君上身边吗？"

百里临渊捏住她的下巴，眼眸一黯："告诉寡人。"

花欲语点头，顺着他说："当然，妾身当然愿意。"

百里临渊满意了，他不在乎她究竟是不是在说真心话。他就着她的手抿了一口那茶水，状似不经意道："若是战事起来了，恐怕寡人会护不住你，之后的日子你切勿到处走动。"

花欲语把茶杯搁下，撑起脑袋疑惑道："战事怎会起来？您不是已经决定要投降了吗，都递了消息给皇朝了。"

百里临渊沉默了一阵，不再继续这个话题，合上眼："睡吧。"

望着百里临渊的睡颜，花欲语微微出神。

明天……明天就是祭天大典了，明天宋时歇便会扮成百里缺的样子，替他送死。

花欲语在床底摸索了一番,摸出一把银制的小刀来,然后缓慢地将刀刃对准了百里临渊的心口,他睡得很沉。

这是她在百里临渊面前死缠烂打后,百里临渊特意为她定制的。

只需狠下心来动手,她就可以用这把小刀无知无觉地杀掉百里临渊。只有这样,才有可能挽救宋时歇的性命。

百里临渊为人谨慎,只吃信任之人递上前的吃食。但他一直很宠爱她,于是她便大着胆子在茶水里下了使人深度昏睡的药。

本以为会失败,没想到他真的喝下了那杯茶。

这是否意味着,他很信任她呢?

她一直觉得,自己是为了保住性命才假意迎合。她很厌恶强迫她成为夫人的百里临渊,她受够了扮演君上妾身的游戏,她一直想找机会逃。但可能是弄虚作假的次数太多了,她渐渐开始分不清什么是真,什么是假。

刀刃缓缓向前移动了一寸,然后她再也动弹不得。

望着百里临渊的睡颜,她忽然犹豫了,她忽然有些舍不得动手。

这世上,从没人对她这么好过。

即便她知道这份爱是因为百里临渊从她身上看到了别人的影子,但她还是情不自禁地,想要贪恋这份虚无的爱。

她撑起身子，轻轻吻在他脸颊上，她低喃："百里临渊，如果我说我愿意一直陪在你身边，你可以……不要把我当成别人吗？"

年少绮梦，抑或是眼前虚妄的深情。

她这辈子，注定要栽在"情"字上。

别院终于恢复了平静。

这里本就在王都最偏僻的地方，祝贺之人散去后，格外静谧。

宋时歇和百里缺在院子里轻声交谈，明日便是祭天大典，还有许多重要的事情要料理。

舒相宜将那婚纱小心取了出来，她将身上的大红喜服脱下来，然后换上了那洁白无瑕的婚纱。她手指微微发颤，心情澎湃难以抑制。她整理好头纱，在镜子里确认妆容无误外，深吸一口气，推门出去。

听见门开的声音，宋时歇和百里缺同时回头。

宋时歇一身大红喜服，洗去易容的他露出只属于宋时歇的清俊眉眼；百里缺白衣白裳，宛如高岭之花。

他们同时沉默，眼中是无法掩饰的惊艳，仿佛呼吸也停止。

舒相宜羞涩地笑，她问宋时歇："好不好看？"

百里缺定了定神，他望了一眼目光一动不动的宋时歇，心中长叹："既然如此，那我便先回去了，你……自己小心。"

宋时歇转头看着百里缺,不知道想到什么,他蓦地一笑,忽然给了百里缺一个拥抱:"保重。"

他很轻地念出一个称呼。

百里缺愣怔之余,淡笑着回抱住他:"多谢你。"

百里缺再度望向扶门而立的舒相宜。她裸露在外的皮肤白皙胜雪,贴身的裙子将她周身每一处起伏都恰到好处地展露无遗,随风而动的裙摆在月色下熠熠发光。

轻而薄的头纱披散在肩头,衬得她的双眼甜美又温柔,他甚至能看出她难以掩饰的情意——对宋时歇的情意。

舒相宜朝他微微颔首,客客气气地道:"公子慢走。"

这一幕,他永生难忘。

待百里缺走后,宋时歇朝她走近,他挑眉一笑:"这也是你们那儿的衣服?"

舒相宜拉着他的手往房里走:"是,我还给你准备了,你快换上。"

宋时歇不动,深深望着她:"很美。"

舒相宜厚着脸皮承认:"那当然。"

两人相视一笑。

等宋时歇换好西服出来,舒相宜忍不住自夸:"我眼光真好,这套西服果然特别适合你。若是你到了我们那里,肯定能迷倒无数小姑娘。"

宋时歇长身玉立身材匀称，剪裁精致的西服仿佛是为他量身定做的，他抬起眼睫微笑："唔，可我想迷倒的小姑娘只有一个。"

他们心照不宣地绝口不提明日之事。

舒相宜说："这是我们那里举办婚礼的时候穿的，既然我们成亲了，自然两边的流程都得走一次。你们这里流程烦琐，忙了整整三日了，若是你觉得累的话——"

宋时歇笑了："不累。"

于是，舒相宜告诉他自己家乡的习俗："在我们那里，新婚的夫妇会举办一场盛大的婚礼，邀请无数亲朋好友来见证这一刻。"

宋时歇默了默："可惜，这里没有人见证。"

"没关系，不需要别人见证，我们有天地为证，明月为证，虫鱼鸟兽为证。你瞧，目之所及，都在祝福我们。"院子里摆满了蜡烛和鲜花，大红色的绸缎、大红色的灯笼与月光交相辉映。

一顿，舒相宜还是忍不住叹息："只可惜，小豆子不在。"

"他在我们心里。"宋时歇说。

宋时歇问："举办婚礼便算是成为夫妻了？"

舒相宜摇头："当然不是，在婚礼之前，要拿着户口本去民政局领结婚证的，还得交钱呢。"

宋时歇一本正经地问："交多少钱？"

舒相宜脸一红："我又没结过婚，我怎么知道？"

"哦。"宋时歇颔首，他又进屋了一趟，再度出来时，他手中多了一袋黄灿灿的金子，"这些够不够？"

舒相宜慌张地摆手："不用这么多的。"

宋时歇挑眉："我偏想给这么多。"

他找来一把小铲，将土地挖开："既然我们这里没有你说的民政局，那便交给大地。"

舒相宜问："你就不怕日后有盗贼，将它挖出来偷走？"

宋时歇戏谑道："若是有盗贼来偷，那他便是我们民政局的见证人。"

舒相宜扑哧一笑，索性帮着宋时歇一起挖："真是便宜他了，平白无故得到这么一大笔钱。"

兜兜转转，她舒相宜真的成了他宋时歇的小媳妇。

埋完金子，舒相宜忽然想起一桩重要的事情。

"等一下，差点忘了一件事，我们还没有拍结婚照的。"

她把手洗干净，然后把手机拿出来，将它摆好位置，光线角度都调整好后，打开相机设置好定时拍照功能，然后拉着宋时歇退远几步。

十二秒。

宋时歇微微皱眉:"什么结婚照?"

十一秒。

舒相宜连声催促:"别问了,你快看着镜头,就是那部手机,快看着它!"

九秒。

宋时歇盯住手机,神情有些严肃:"然后呢,就看着?"

八秒。

舒相宜说:"笑一笑。"

宋时歇抬眉:"为什么要笑?"

六秒。

舒相宜挽住他的胳膊:"那……随便你做什么表情好了,开心一点就行。"

四秒。

他定定看着她,神色微妙:"随便我做什么表情,你确定?"

二秒。

舒相宜说:"我确定,你快一点,马上要拍了……"

一秒。

宋时歇毫无征兆地转头吻住她。

咔嚓!

画面定格。

第十六章

雕塑的真相

初五。

天已经蒙蒙亮了,两人都没有休息的意思。

院子里的蜡烛早已燃尽,舒相宜把裙子换回来后,坐在石桌前认真地将昨天夜里拍摄的照片描下来。

前几次过来的时候她试图用手机拍摄绥国的照片,没想到一回到现代,手机里的照片就不见了。她留不住任何影像资料,于是最好的办法便是用画笔将它描绘下来,所幸她这回带的画纸和毛笔多种多样。

拍合照的时候,宋时歇很不配合,拍了好几张才拍到一张她满意的。合照里,她亲密地挽着宋时歇的手臂,将头靠在他的肩膀上,宋时歇揽着她的腰肢,两人微微笑着正视镜头。

舒相宜此刻描的就是这幅,一笔一画,用情至深。

终于画完最后一笔，舒相宜心满意足地收起毛笔。

宋时歇正好从小厨房里走出来，他端了两碗热气腾腾的面。不知何时，他重新扮作了百里缺的模样，白衣白裳，脸上稍微易容。

可他的眼神却是她熟悉的。

舒相宜迎上去接过其中一碗面："正好饿死了。"

闻着香味，舒相宜忍不住感叹："若是可以每天早上都吃到这么香的面就好了。"

宋时歇笑着把筷子递给她："你要求可真低。"

"我要求才不低。"

舒相宜说："我不会做饭，在21世纪，每天都是点外卖，等别人做好了再送过来。所以我势必要找一个会做饭且做的饭好吃的丈夫。"

宋时歇说："听起来我很是符合。"

看着舒相宜吃了一筷子面，宋时歇挑眉："如何？"

舒相宜故意一脸为难："勉强符合标准吧。"

宋时歇笑弯了眼。

舒相宜把一块什么东西塞到宋时歇怀里，正色道："对了，因为这块小木牌我无法带回自己的时代，所以，就让它代替我留在你身边，陪你一同进宫吧。"

那是宋时歇之前送她的小木牌，上头多了几个字，不是小篆，而是简体汉字。宋时歇仔细辨认了一番，倏地一笑："你知道上头的字是什么意思了？"

舒相宜摇头："原本不知道，后来我问了别人。"

她白他一眼："那上面的字根本不是祝福语，你这个大骗子。"

宋时歇笑吟吟："那是什么？"

舒相宜眼神变柔："很巧，在我们那里，这几句诗依然很流行。"

宋时歇刻的是：死生契阔，与子成说。

而她刻的是：执子之手，与子偕老。

舒相宜指着小木牌上的"子"字，说："你看，你们这儿的'子'字真的很有趣，比我们的'子'字复杂多了，一个圆圆的脑袋，再加……"

宋时歇打断她，展眉淡笑："我知道。"

舒相宜微愣，然后翘了翘嘴角："我也知道。"

他知道她刻的字是什么意思，她亦然。

他们从未对彼此清晰地坦露过心迹，却对彼此的心意早已心知肚明。

不必言说，便是心心相印。

吃过面后，趁着还有时间，舒相宜从一堆贺礼中找到了花欲语送来的那份。

拆开之前，她忽然问宋时歇："花欲语开心吗？"

宋时歇告诉了她，他在宫内遇见了花欲语。她本想随着宋时歇入宫去见花欲语，后来深思熟虑之后，还是放弃了。宫里守卫重重，即便能见到花欲语，也极有可能会连累她。

花欲语现在是百里临渊后宫的夫人，而她是百里缺阵营的人。

她想起花欲语明媚灿烂的笑容，花欲语本该快活自在，现在却一个人孤孤单单待在宫里，层层围墙将花欲语包围着，她进不去，花欲语出不来。

宋时歇说："以阿语的身手，想趁乱逃出来，并不是难事。放心，她比我们想象的要坚强。"

舒相宜叹："她是个好姑娘，她值得最好的人。"

"你们都是好姑娘，能遇到你们，是我三生有幸。"

见他说这么正经的话，舒相宜一时愣怔，没想到他继续道："能遇到我，也是你们三生有幸。"

舒相宜笑出声。

舒相宜小心翼翼将那礼盒打开，精美的锦盒里装着两把匕首。是花欲语亲手打磨的，刀面光滑刀刃锋利。

一把刻着"歇"字，赠给宋时歇；一把刻着"宜"字，赠给舒相宜。

宋时歇笑道:"这果然是她的风格。"

舒相宜忽然想起,花欲语曾提起过,若是有心上人,她便赠他一把匕首。现在她赠了两把,成双成对。想来,她已经释怀了。

外来传来一阵脚步声,来人朗声道:"公子,时辰已到。"

宋时歇不答话。

马上就到入宫的时辰了,舒相宜沉默不语。

她起身拿起那幅正在晾的画,墨迹已干。

舒相宜凝望着那幅画出神,忽然念道:"结发为夫妻,恩爱两不疑。欢娱在今夕,嬿婉及良时。"

舒相宜一顿,扭头笑着问宋时歇:"你知道这首诗的最后两句是什么吗?"

宋时歇看着她,他的眼神很复杂,夹杂着舒相宜看不透的情绪。

"是什么?"

舒相宜不再看他,轻声背诵道:"是——生当复来归,死当长相思。"

宋时歇在笑:"又是你作的?"

舒相宜也笑,故意玩笑道:"对啊,是不是很有才华?"

他不拆穿她,嘴角弯起弧度:"是,很有才华。"

舒相宜推了宋时歇一把,故作轻松道:"好了,你快去吧。"

宋时歇不动，他还是定定瞧着她，若有所思道："这是你第六次来到绥国，每次只留7天。到现在为止，7日84个时辰已到。"

舒相宜神色莫名，他居然记得这么清楚。

宋时歇一挑唇："这次，我想看着你走。"

"可他们还在等你。"

"那就让他们等，"宋时歇重新在石桌前坐下，神情悠然，挂着漫不经心的笑容，"左右等了这么久了，不差这么一会儿。我可是公子缺，他们没胆子进来抓我。"

看他开始无赖，舒相宜无奈："祭天大典可不是儿戏。"

"左右我只是最后阶段的祭品，不去观礼又有何妨？"

"我不知道自己什么时候消失。"

"那我便等着。"

"好。"舒相宜定下心来，笑道，"便让他们干等着。"

她温柔注视着他，而他亦温柔地注视着她。

阳光拨开层层迷雾，自天际倾洒而下。

他亲眼看着她身体变得透明，在第一缕阳光的照拂下渐渐化为虚无。他微微失神，这一刻，绚烂美丽。

舒相宜急促地开口："宋时歇，我……我不喜欢长相思，我只愿复来归。"

宋时歇唇边噙着淡笑，眼神是从未有过的深情款款："好……我会尽力。"

她很勉强地露出一个笑："那说好了，我等你回来，不见不散。"

她知道这只是奢望，宋时歇活下来的可能性几乎为零。可若是不说，她会遗憾。

我等你，我等你复来归。

宋时歇含笑应："相宜，不见不散。"

祭天大典。

明明早晨还是晴朗的，到午后忽然降起瓢泼大雨，仿佛天地也为之动容。

仪式落入尾声，眼前白衣白裳的男子一言不发地含笑饮下那杯毒酒，他在众目睽睽之下倒地，呼吸停止。

望着这一幕，端坐在百里临渊身旁的花欲语，眼泪倏地掉了下来。

百里临渊紧紧眯着眼睛，盯着他宠爱的夫人："夫人为何而哭？"

"妾身为天下而哭。"

"夫人觉得，这天下是他的？"

花欲语很缓慢地摇头："天下是众生的，他是众生之一，妾身只是觉得惋惜。"

百里临渊沉默不语。

下头侍卫单膝跪地:"君上,公子缺的遗体,该如何处理?"

百里临渊答:"随其他祭品一同火化便是。"

侍卫领命:"是。"

花欲语倏地跪倒在百里临渊面前:"公子缺到底是您与君后唯一的儿子,怎可像进贡的鸡鸭鱼肉一样,草草了结?"

传说,灵魂需依托肉体而存在,若是将他的遗体保存完好,说不定就能获得永生。

她本来从不信这些。

花欲语抬头含泪笑着大胆请愿:"不如,为他塑上青铜之身,以表君上对公子缺的爱重之心,这肯定也是君后想看到的。"

君后。

想起那个女人的模样,百里临渊眼睫颤了颤。

他每夜只要一闭上眼,便能回想起他这辈子最爱的那个女人产后大出血离世前说过的话——

"临渊,你不要伤害这个孩子,他是我和……唯一的儿子。"

"临渊,你答应我。"

"临渊……就当是我求你,我求你了,这辈子我只求你这一桩事。"

……

他们识于微时，她是多么骄傲的一个人。她是他见过最骄傲最张扬最美丽的女人，却甘愿跪下来求他……只求他留下这个孩子一条命。

这个孩子是另一个男人的，他疯狂嫉妒、疯狂憎恨的那个男人，是他这辈子最要好的兄弟。

她早知道他容不下这个孩子。

为了她，他背叛了与自己一同打拼江山的兄弟，强行将身为兄弟妻子的她掳了过来，还骗他的兄弟，她早就和他暗通款曲了。他对曾经的好兄弟狠下杀手，为的就是将她彻底占为己有。

做这一切之前，他早就想到了，他得到了她的人，却注定得不到她的心。

他不在乎。

每次见到百里缺，看到百里缺恭敬的模样，他心中都愤恨难平。百里缺深受百姓爱戴，像他的亲生父亲一样优秀。

百里缺的存在一遍又一遍地提醒他，百里缺是那两人相爱的证明，而他只是一个无耻的入侵者。

与皇朝的谈判谈崩后，百里缺主动提出要投降。可是凭什么？绥国是他与另外那两个人共同建立的，是他们三人的心血，也是他历经千辛万苦好不容易才掌握在自己一人手中的。这条通向王宫的称王之路是独属于他们的回忆，另外两个人已经不在了，唯独只有他还记得这段回忆。

这是场实力悬殊的必败之战又如何？千万百姓赴死又如何？凭什么说让他拱手让出去他便让出去？他不甘心。

他恶意想要劝退百里缺，可没想到百里缺居然愿意去死，就是为了那些蝼蚁一般的百姓吗？

直到百里缺真的献出生命的最后一刻，他却不免情绪复杂。

他猛然回想起百里缺幼时，学会的第一个词就是"父君"，那时百里缺望向他的眼神是全然的依赖和信任，而他也是由衷地宠爱百里缺的。

是从什么时候开始变的呢？是从百里缺越来越像他亲生父亲开始，还是从百里缺逐渐受到百姓称赞开始？他已经回忆不起来了。

他终究还是辜负了她。

百里临渊睨了花欲语一眼，不耐地皱起眉，神情冷淡到了极致："寡人允了。"

花欲语伏地谢恩："多谢君上恩典。"

百里临渊起身，匆匆下台。众人蜂拥而上，替他撑着伞，搀扶着他。

谁也没有发觉，他们历来稳重的君上，步子稍显慌乱，手指在层层掩盖的长袖中微微颤抖。

花欲语的衣服早已被铺天盖地的雨水打湿，她却毫不在乎。

她亲自给宋时歇的尸体穿上了盔甲，以更好地保护住他的尸首。

她一边穿一边喃喃:"宋时歇,对不起,都是我的错。如果我能狠心一点……说不定你就不用死了。

"宋时歇,你会不会怪我?

"宋时歇,我做错了,我好像真的喜欢上君上了,我怎么能喜欢他呢?你骂醒我好不好?

"你快点爬起来骂醒我好不好?

"宋时歇……我好想念小时候……我好想念我和你还有相宜,我们无忧无虑地在一起的日子……人为什么会长大呢?你为什么会想来王都呢?"

她嘴唇发抖,轻声自言自语:"王都真可怕……"

她余光注意到宋时歇手心里紧紧握着一块小木牌,依稀从那小木牌上看到了"死生"二字。她试图抽出来,却怎么也抽不动,索性作罢。

她望着宋时歇渐渐冰冷的身体,逐渐分不清脸上的是泪水还是雨水,只觉得心灰意冷。

宫中的全部工匠们紧急赶工,按照宋时歇的装扮,铸出了一具青铜外壳来,他们将他的尸首存放其中,牢牢固定住。

次日下午,便会将其送出城外下葬。

舒相宜望着渐渐沥沥的雨出神,她在长街屋檐下枯坐了很久。

第7次，这将是她最后一次来到这里。她本来不想来的，她没有勇气面对这一切。

百里缺身旁伺候的侍卫看她消沉，忍不住过去搭话："他的遗体即将被送出城，姑娘不打算去看看？送一送他？"

舒相宜摇头："不用了。"

她已经与他作别过了。

那侍卫看了她好一会儿，忽然好奇地问："姑娘为什么不哭呢？"

舒相宜微愣，这才察觉到自己一滴眼泪也没有。

可能是因为太难过，难过到忘了哭。

不知道什么时候，那侍卫已经离开了，身后又多了一个身影。

是百里缺的声音："父君果然反悔了。"

外面传来消息，百里临渊派兵主动偷袭皇朝，皇朝被惹恼，开始反攻绥国，绥国将士死伤无数。

战争开始了。

百里缺眼神晦暗不明："是时候了，我应该站出来阻止父君，不负宋先生所托。"

舒相宜脸上毫无波澜，她只是沉默地点点头，她早知道会走到这一步。

百里缺缓慢地走到她身旁，脚步微微有些蹒跚。

舒相宜瞥他一眼："你的腿？"

"无事。"

百里缺在她身旁坐下，头一次不顾及地上脏污："夜中行路过急，不小心磕伤了右腿而已。"

舒相宜点头，不再细问。

安静了一会儿，百里缺再度开口："你信转世这一说吗？"

舒相宜不说话。

百里缺自顾自开口："若是有执念，说不定下一世还会记得这一世的经历，这一世难以忘怀的都会延续到下一世，这一世的痛也会延续到下一世。"

舒相宜扯了扯嘴角，觉得这都是迷信的无稽之谈。可转念一想，雕塑复活，穿越时空，她什么都经历过。

这个世上还有什么是不可能发生的呢，一切皆有可能。

"或许吧。"她轻声喃喃。

百里缺挑唇笑了笑："这些话，我也只能对你说了。"

在外人心目中，他是完美无缺的，又有谁知道，他也是有缺陷的呢。

他贪生怕死，他贪恋百姓仰慕的目光，他能做的极其有限。甚至当初招募宋时歇，不仅仅是因为宋时歇的才干，也是因为宋时歇的容貌。

他曾在心里阴暗地想过，若是有朝一日遭遇危险，可以将宋时歇推出去，自己金蝉脱壳，全身而退。

但没想到，宋时歇居然会主动来寻他。

听百里缺说话的口吻，恍惚间，舒相宜真的以为宋时歇还在自己身旁，她轻声感慨："你与宋时歇真的很像。"

百里缺说："我很像我的父亲。"

"君上？"

百里缺摇头，他安静了好一会儿才说："其实我早就知道，我不是父君的儿子了。"

舒相宜一怔。

百里缺却很淡然，宫中开国老臣看他的古怪眼神，后宫某些夫人对他母亲的闲言碎语，他不是没有怀疑过。有些秘闻只需稍稍一打听，就能明白。

舒相宜仔细一想，豁然开朗："难道你与宋时歇……"

百里缺点头："对，如果我没猜错的话。"

他的亲生父亲当年并没有死。

舒相宜试探："宋时歇知道吗？"

百里缺微微眯着眼，似乎陷入某些回忆里："他的心胸才识远胜过我，有些事情，不必言说。"

舒相宜了然:"也是。"

心甘情愿替他去死,想必也有这么一层原因吧。

百里缺偏头笑看着她:"你愿意留下来帮我吗?"

舒相宜不语。

百里缺眉眼含着很浅的笑意:"舒姑娘,若是你愿意,可以留在我身边,我百里缺定竭尽全力护住你。"

舒相宜摇头:"不用了。我相信公子可以做到。"

即便知道百里缺不会辜负万千百姓,不会辜负宋时歇所托,但小豆子的事,她无论如何都无法释怀。百里缺虽不是刽子手,却间接造成了小豆子的死。

7次机会用尽,宋时歇也不在了,她没有再留在这里的意义了。

即将入夜的时候,城外传来消息,"百里缺"在临死前,拒绝要人陪葬。

百里临渊答允了他,百里缺身边伺候的侍女、侍卫、宫人得以保全性命。

不料,百里临渊的反悔是最后一根稻草,他激起了民愤,无数百姓聚集在城门外不许"百里缺"尸首出城,同时跪地请命投降。百里临渊一怒之下,抓了十多个跪在最前面的百姓给"百里缺"殉葬。

说得好听点是殉葬,说得难听点,是想杀人而已。

听到这个消息后,舒相宜呆了很久。

她试图阻止这一切的发生,却只是枉然。

历史还是按着它原本的方向毫不留情地向前而去,甚至是她阴差阳错地促成了这一切。

这是命中注定。

舒相宜一个人在绥国待了7日。

百里缺站了出来,见他"死而复活",群臣倒戈,百姓们欢欣鼓舞。百里临渊的残酷统治落入了尾声,百里缺代表绥国向皇朝缴械投降,只求皇朝不要伤害绥国无辜的百姓。

舒相宜亲眼看着宋时歇达成所愿,结局一如他设想的那样,绥国融入了皇朝的版图。

对于皇朝来说,这一切是顺理成章的事,不值一提。历史的记录者永远不知道绥国发生了怎样的复杂变故。

对于绥国百姓来说,是百里缺拯救了他们,大家能活下来已是万幸,他们自此缄默不言。

这些,都是博物馆的那些雕塑不曾知晓的真相。

光芒褪去,舒相宜重新回到了博物馆里。

舒相宜抱着肩膀呆呆地凝望着宋时歇的雕塑，不知不觉泪水模糊了她的双眼。

他把荣耀和生的机会给了百里缺，他才是真正心怀大爱之人，明知会死，还一往无前。

仔细算下来，她与宋时歇相识相知……不过短短几十日，感觉却像是过了大半辈子。

笑过，哭过，心动过，也心碎过。

她朝宋时歇的雕塑走近。

她目光落在他手中那个四四方方的东西上，她之前以为是令牌之类的，现在想来，应该是他们一同刻了字的那块小木牌吧，带着她的痕迹。

或许，这便是她能去往那个时代的原因。

这次，不论她怎么触摸，都再也无法回到那个属于宋时歇的时代了。

她踮起脚，搂住他的脖子，深深地吻住他的唇。

第十七章

等你复来归

舒相宜有个习惯,随身携带速写本,走到哪儿画到哪儿。

不像其他画者需要在独处环境中才能安心作画,对她来说,环境越是吵闹,她越是能静下心来。

她性格开朗很健谈,年纪轻轻已然是当代最负盛名的新兴画家之一。

她笔下的每一幅画,都在讲述一个故事,一个个小故事串起来,便是一幅巨大的画卷。她画里饱含情绪,无人知道她究竟经历过什么。

毕业后,她决心将过去翻篇,不再回忆那些痛苦的事。她走南闯北去了无数个城市,每到一个城市都会住上一段时间,体验那里的风土人情,然后在对那里产生感情之前去往另一个城市。

别人喜欢用相机记录美好,而她喜欢用画笔记录所见所闻。

一连几个月,她留下了无数幅画作,却极少有让她满意的。

某个静谧的夜晚,她如往常一样在某个美丽的欧洲城市入睡。

她做了一个梦。

在梦里,她回忆起了一桩在破月镇的旧事,那是她拼命想要忘记的美好旧事。

那是她在第一次穿越到破月镇的第五个夜晚。

她就着月色用凉水洗头发,皂角使用起来真的很不方便,她无比想念洗发水。虽然想念,但也只能适应。

花欲语还未回来,花欲语的爹正忙着办案子也没有回来。她刚刚洗完头发,门外忽然传来敲门声。

她应声打开门,门外是宋时歇。

"有事?"

宋时歇打量着她湿漉漉的长发:"你很忙?"

"不忙,"舒相宜往里走,"若是你找阿语的话,她不在,还没有回来。"

宋时歇摇头:"我找你。"

舒相宜愕然:"你找我做什么?"

他挑眉戏谑地笑:"我来找你,自然是要紧的事。"

舒相宜不欲理会他,重新坐回椅子上,用毛巾一下下擦拭着头发。

白日里郭五哥教她射箭，她整个手腕都是酸痛的。

宋时歇抱胸站在一旁看了她一会儿："你确定不要同我一块出去？"

舒相宜并没有完全信任他，警惕地摇头："不如我们还是先等阿语回来，然后再出去？"

宋时歇目光微微一动："唔，你若决心守在家里，我也不强求。"

他慢吞吞地往屋外走："前两日隔壁王大哥家遭了贼，听说那贼贪财不说，还很好色，一直到现在都没抓到。"他余光瞥她一眼，"也不知道今天夜里会造访何处？"

舒相宜皱眉："我怎么没有听说？"

宋时歇耸肩："坏事不出门嘛。"

这话是这么用的吗……

舒相宜默然，觉得宋时歇肯定是在吓唬她。

她犹豫了一下，打量着黑漆漆的四周，还是不争气地随他出了门。

外面很热闹，孩童们跑来跑去，男男女女们都提着各式各样的彩灯。

舒相宜奇道："今天是什么日子？"

宋时歇自然地应道："乞巧节。"

舒相宜神色莫名，奇怪地看了他一眼。

不是……乞巧节是情人相会的日子，他约她出来是想干什么？

宋时歇神色如常，甚至还饶有兴致地点评别人摊子上悬挂的灯笼："这盏颜色太艳丽了，那盏颜色柔和，但款式太花哨了。"

他看来看去都不满意。

舒相宜默默跟在他身后，只觉得窘迫。

宋时歇站定在一个莲花形状的灯笼面前，笑道："这盏倒是不错。"

他付了钱，然后转身将灯笼递给一旁的舒相宜。

舒相宜一愣，干咳一声："我不要。"

他那日明明连包子都不肯给她买，现在却在乞巧节送她灯？这算怎么回事？

难不成是……

这么一想，她正色道："抱歉，我不喜欢莲花。"

一停，她补充："什么花都不喜欢，我不喜欢灯笼。"

宋时歇动作一顿，还是将灯笼手柄递到她手里，笑意深了深："给你便拿着，不用跟我客气。"

他这么一说，她更是不自在。

"相宜，这边！"远处传来呼喊声。

舒相宜朝那个方向看过去。

正好看到花欲语、小豆子还有郭五哥他们在河边那棵挂满红色布条的大榕树下。

她抬步往那个方向走去。

花欲语不满地问："你们怎么这么晚才来？"

舒相宜这才知道是自己误会了宋时歇，刚想解释是她太过拖延，一旁宋时歇却笑着道："去接她之前，我去刘大娘酒馆里讨了杯酒喝。"

花欲语白了他一眼："就知道是你的错。"

花欲语看到舒相宜手中的灯，笑容扩大："相宜，你怎么知道我最喜欢莲花灯，谢谢你！"

看着花欲语拿着灯跑到远处去炫耀，宋时歇这才轻声告诉她："今日是乞巧节，也是花欲语的生辰。"

舒相宜："……"

抬眼见宋时歇似笑非笑地瞥她，舒相宜更加不自在。

他是因为知道自己没有钱，才特意替自己准备礼物的吗？

她由衷祝福花欲语生辰快乐。

花欲语却推着她走到河边，亲亲密密挨着她的头："相宜，欢迎你来到破月镇！很高兴能认识你。"

话音刚落，不知从哪个角落里飞出几只萤火虫，轻飘飘地落在她肩上。一只、两只……逐渐蔓延成一大片，飞舞的荧光像极了永不消逝的流星。

花欲语说:"是我和宋时歇他们几个抓的,是不是很好看?"她有些不好意思,"我们几个没什么钱,买不到心仪的礼物,所以就……"

这是他们特意为舒相宜准备的小惊喜,她又惊讶又雀跃:"谢谢你,谢谢你们。"

"快快快,快许愿。"

说着,花欲语闭上了眼睛:"希望我花欲语,可以找到一个真心待我好的男子,比宋时歇那个讨厌鬼好无数倍。"

宋时歇闻言微微翘了翘嘴角。

小豆子哼哼唧唧,不肯把愿望当着大家的面说出来。

郭五哥犹豫了一会儿,还是说:"希望我家婆娘可以对我好一点,不要每次都克扣我的零花钱。"

众人大笑。

那时的舒相宜唯一的愿望是可以回到现代,但这个愿望她觉得太过渺茫,便只安静地看着他们。

她偏头望向宋时歇,他平静地注视着天空,也没有许愿的意思。

或许,那时的他是一个没有愿望的人。

梦境落入尾声,一切消散,眼前变成一片虚无。

舒相宜的笑容僵硬在脸上,茫茫然独自站在虚空之中。她想念她在破月镇的每一个朋友,不论是宋时歇、花欲语,还是小豆子和郭五哥。

身后忽然传来一声呼唤:"相宜。"

她怔住。

身后那人又喊:"相宜。"

舒相宜转过身去。

身后是宋时歇熟悉的眉眼,熟悉的笑容。她在虚空中描绘他的眉,描绘他的鼻子和嘴唇,颤声问:"宋时歇,是你吗?"

宋时歇笑着朝她伸出手:"是我,我回来了。"

舒相宜一动不动。

宋时歇笑得更加温柔:"相宜,我回来了。"

舒相宜心中一喜,刚想回牵住他。

梦醒了。

舒相宜回到最初的那座城市,她将那家空置的博物馆租了下来,办起了画展,画展只开7日。

其他人问起为什么只有短短7天,她只笑着答:"7天是一个循环,不多也不少。"

画展除了无数幅古代风景画外,还有许多幅人像。

那个容貌惊艳的女子被舒相宜称为花欲语,那个古灵精怪的小孩被舒相宜称为小豆子；除了这两位外，其余大半画作都是同一个人，或坐或立，或垂眼淡笑，或凝望远处沉思。

舒相宜向每一个参观的人介绍，她笔下的风景属于一个2000多年前的国家，而画中的那个男子名叫宋时歇，他牺牲了自己的性命，只为挽救这个国家的命运。

舒相宜知道，绥国的万千百姓，在百里缺的庇佑和宋时歇的牺牲下，隐姓埋名活了下来。

他们一代又一代生存，这段隐秘的历史被他们口口相传。

说不定，她真是宋时歇口中那户舒姓夫妇的后代。

她将绥国的故事说给每一个人听，她将宋时歇以身殉天的故事说给每一个人听。

有参观者好奇问过她："舒小姐，这个关于绥国的故事，是您编造的吗？"

舒相宜笑着摇摇头："不是哦，它是真实存在的。"

提问的人并不是很相信："世界上怎么会有宋时歇那种人？默默无闻替人送死，根本没有人缅怀他。"

舒相宜说："我在缅怀他呀。"

提问的人对视一眼，觉得搞艺术的人，果然难以理解。

画展的最后一日。

与一众参观者聊完天后，舒相宜口干舌燥，跑去前台喝水。

喝完水，她不经意间回眸，却看见了一个意料之外的人。

她眨眨眼睛，几乎不敢相信。

舒相宜上前追上几步，看着那个熟悉的背影开口试探——

"郁馆长？"

郁都转过身来，他还是那样，斯文儒雅。

他笑着点头："舒姑娘。"

果然是他。

舒相宜平复了一下呼吸，因为激动，心跳不受控制地加速："郁都馆长，您怎么来了？"

郁都说："听说你在办画展，特意来看看。"

他目光重新落到最近的一幅画作上，上面描绘的是王都的繁荣景象，他目光中似有眷念。

再度望向她时，郁都笑着问："现在，你相信绥国是真实存在的吗？"

舒相宜毫不犹豫便点头："我相信。"

郁都眉眼越发温和了几分："多谢你。"

当年博物馆7日展览结束后，这里人去楼空，郁都馆长不知所终。

她一度想找到郁都,想再看一看宋时歇的雕塑,可网上却搜不到郁都馆长的下一站在哪里,她只好作罢。

现在突然在这里碰见他,她紧张又兴奋,她有一大堆的问题想要问他。

似乎是看出她的焦急,郁都示意她边走边说。

"郁馆长。"舒相宜整理了一下思绪,"之前我在您的博物馆里经历过一件事情,一直想告诉您。"

郁都好整以暇:"哦,是吗?什么事情?"

舒相宜顿了顿:"我知道这很荒诞离奇,但我看到了您馆里的雕塑复活,就是雕塑展厅里那些泥土塑成的雕塑。"

郁都的表情很严肃:"你确定是亲眼看到的?"

"对,我亲眼看到的,而且不止一次。"舒相宜说,"我和他们都说过话,他们称自己来自2000年前的绥国,是陪百里缺殉葬的人。"

郁都有些惊讶,他思忖了好一会儿。

他的态度不由得让舒相宜有些紧张,难道郁都真的毫不知情吗?

她问:"您知道他们为什么会复活吗?您知道这究竟是怎么一回事吗?"

郁都思索了一阵,然后笑道:"想必,是思念吧。"

这个玄之又玄的答案令她怔然:"思念?"

郁都说:"他们在生前确实是绥国的人,他们的后人一代代地在这个世上生活,他们的故事在后人口中传播,也在我的博物馆中传播。无数人的思念和缅怀汇聚在一起,这样就有了牵绊,这份牵绊的存在,让他们得以'复活'。"

舒相宜有些明白了:"意思是,正是因为无数人知晓了他们的故事,他们活在了所有人记忆里,这份力量使得他们'复活'?"

郁都笑了:"差不多。"

舒相宜忽然明白了为什么菜苗他们可以复活,而宋时歇却一直没有复活——

听过这段故事的人一直将宋时歇认成百里缺,他们思念缅怀之人是百里缺,从来都不是宋时歇。

舒相宜奇道:"您为什么会相信我?"

郁都问:"难道你是在骗我?"

舒相宜摇头:"当然不是,我说的都是真的。"

"那我自然会信你。"

"可是……"

她还是觉得这份信任来得太突然。

现在只剩最后一个疑团没有解开,郁都馆长究竟是谁?

这么久以来，她一直在怀疑。

郁都曾说过绥国的故事是他偶然中得知的。既然只是个故事，没有任何文献资料可以佐证，整个考古界都不相信，那身为考古学家的他为什么坚信故事是真的？他又是如何拼凑的？

唯一的可能，是他一定隐瞒了她什么。

她怀疑过郁都的身份，他知晓那么多绥国的事情，不应该只是个普通人才是。

舒相宜问："您不好奇，我为什么会相信绥国的存在吗？"

郁都笑着摇头。

"为什么？"

"我有一些模模糊糊的记忆，或许该叫梦。"郁都说，"那些场景很真实，真实到像是我亲身经历过的一样。"

舒相宜怔怔地看着他。

郁都微微一笑："它并不完整，是片段拼凑而成的。我印象最深的是，在那些支离破碎的梦里，我亲眼见过一个身穿洁白婚纱的女子，虽然我看不清她的脸，心里却觉得她美极了，比我见过的任何一个人都要美。"

舒相宜张了张口："那个女子……"

郁都含笑注视着她："很巧，那个女子名字和你一模一样，她也叫舒相宜。"

舒相宜只觉得自己的心脏怦怦跳。

她看着郁都从口袋里掏出了什么，他像是陷入回忆里，轻声道："从偶然间挖掘到这枚玉佩起，记忆便开始了。"

郁都手中紧紧攥着的，正是百里缺那枚珍之重之的玉佩。

舒相宜呼吸停了停，难道郁都真是转世的……

舒相宜定了定神，问郁都："现在那些雕塑还在吗？那座青铜雕塑还在不在？"

郁都摇头："不在了。"

舒相宜惊愕："不在了？怎么会不在了？"

郁都苦笑："那批文物已经被收回去了，我也不知道它们的下落。"

郁都朝舒相宜微微躬身："谢谢你，让大家知晓绥国的故事，让大家知晓他的故事。"

舒相宜呆滞了一瞬间，犹自反应不过来，脑海里思绪如麻。

郁都抬腕看了看时间："时间不早了，我还有事，就不打扰了，祝你一切顺利。"

说完，他转身便走。

眼看郁都的背影即将消失在出口，不顾众人诧异的目光，舒相宜急急追了过去。

她追得匆忙,与一个穿着黑色外套的男子擦肩而过,险些撞到他。

她甚至顾不上道歉,心中有一个问题呼之欲出,她非问清楚不可——

既然嬷嬷、阿翠、菜苗他们因思念而复活,那么宋时歇,究竟有没有复活的可能性?

如果……如果他真的可以复活,那她究竟还能不能见到他?

险些被舒相宜撞到的男子并没有责怪她的意思,他甚至没有注意到她,他的视线被不远处一幅画牢牢吸引住。

他缓步走过去,站定在那幅画面前,仔细端详它。

那是舒相宜所有展出的作品里她画得最认真的一幅,画中的男子穿着黑色的西服,女子穿着洁白的纱裙,他们亲密地倚靠在一起,嘴角上扬,他们眼中是最纯粹的依恋和爱慕。

舒相宜给这幅画取的名字是《生当复来归》,她给了它最美好的期盼。

男子伸出手,在将要碰到那幅画里女子含笑的眉眼时又顿住,情不自禁地发出一声轻轻叹息。

他一闭上眼,仿佛就能亲眼看见舒相宜描绘那幅画时的场景——

"结发为夫妻,恩爱两不疑。欢娱在今夕,嬿婉及良时。你知道这首诗的最后两句是什么吗?"

"是什么?"

"是——生当复来归,死当长相思。"

"又是你作的?"

"对啊,是不是很有才华?"

"是,很有才华。"

……

"宋时歇!我……我不喜欢长相思,我只愿复来归。"

"好……我会尽力。"

"那说好了,我等你回来,不见不散。"

"相宜,不见不散。"

—正文完—

番外一

你笑起来真美

第二次见到燕霜飞的时候,他十八岁,燕霜飞十九岁。

此时正逢旧王朝动荡不稳,随时会有新王朝将其颠覆之际。这个时代,英雄辈出,无数有识之士纷纷揭竿而起。他是穷苦人家出身的孩子,靠采草药为生。虽然孤僻寡言,但同其他人一样,一心想着出人头地。

在人头攒动鱼龙混杂的小酒馆里,他一眼便认出了燕霜飞。

她本就容貌出众,再加上谈吐不俗,性子随性洒脱,很是吸引人注意。不少人主动同她搭讪,可燕霜飞却穿过人群,热情地同他这个无名小卒打招呼:"嘿!是你呀,好巧!之前忘了自我介绍,我叫燕霜飞,你叫什么名字?"

他又惊又喜之余,恨不能找个地缝钻进去。

第一次见到燕霜飞是在一年前。

那时的他正在一处不知名的野山上练剑。

不知名野山上有一处瀑布，瀑布里别有洞天，空闲的时候他就会穿过瀑布，进入那处洞穴小憩，感受难得的静谧时光。

他曾以为，这是独属于他的秘密天地。

直到那一天，他像往常一样穿过瀑布，却忽然听到不远处传来一阵清脆的笑声和拍打水花的声音，那影影绰绰的身影美妙得宛如山林鬼魅。

他怔怔望了许久，惊艳到忘了呼吸，然后才意识到，是有女子在沐浴。

那女子很快便注意到了他，短暂的惊诧后，她掀起岩石上的袍子盖在身上，旋身而起。简单的装束过后，她转过头，眉眼间依然笑盈盈的。

也许是他一瞬间通红的脸暴露了心迹，她扑哧一笑，戏谑地冲他眨眨眼睛："别害怕，我不是坏人。"

到底是怎样的奇女子会在这种情况下说出"别害怕"这种话，他只觉得不可思议。

他顾不上说话，甚至顾不上拾起掉落在地上的长剑，跌跌撞撞离去。

那一刻，他太过狼狈，而她太过耀眼。

第二次见到燕霜飞时，她的身边多了一个人。

那是一个叫玄靖的男人，玄靖一袭白衫，说话温柔和煦，和燕霜飞很是般配。他能看出,燕霜飞的眼神里是对他全然的信赖和爱慕。打听过才知道,他们相识不过两三天而已。不知怎的,他心里没由来地冒出一丝失落。

明明,他与燕霜飞要更早相识才对。

短暂的交谈过后,玄靖觉得他是棵好苗子,邀请他加入自己的队伍。他这才知道,玄靖野心极大,想要在朝代更迭之际,建立全新的王国,他只觉得热血澎湃。

渐渐地,他们的权势一步步扩大,三人越发亲密,他同玄靖开始以兄弟相称,玄靖对他很是大方和信任,让他这个后来者与自己平起平坐,还将权力分他一半。

可随着时间的推移,玄靖越来越忙碌,性子也越来越喜怒无常,有时候还会无缘无故发脾气。再加上不少贵族想在称王前巴结玄靖,将自己待字闺中的女儿献给他,他对此态度暧昧,从未直接拒绝。

也就是这个时候,玄靖与燕霜飞开始产生矛盾。

燕霜飞接连几日对玄靖不搭不理,故意只同他说话——

"临渊,你想不想去对面那条街新开的酒楼吃饭?"

"临渊,你帮我看看,这锦盒怎么打不开了?"

"临渊,陪我去钓鱼。"

每次燕霜飞提出这种要求,他想也不想就答:"好。"

燕霜飞诧异:"你不用忙吗?"

他平静道:"若是你需要,我便一定在。"

顿了顿,见燕霜飞还是不放心,他才解释:"重要的事情已经处理好了,剩下的交给他们就可以了。"

燕霜飞笑起来:"真是我的好弟弟。"

他厌恶地皱了下眉,下意识排斥这个称呼,却没有说话。

吃饭的时候,他状似无意道:"今日上门的那个姑娘好像挺喜欢玄靖哥的,都第三次过来了。"

燕霜飞的脸色果然变了变,她轻哼一声:"管他呢,关我什么事。"

他微微蹙眉:"可是你和玄靖哥……"

燕霜飞打断他:"老是说他干什么?"

他说:"玄靖哥最近好像心情不太好,下人们都在说不敢进他房里打扫。"

燕霜飞撇嘴:"他越来越过分了,咱们再也不理他了。"

他只是微笑着答:"好。"

他知道自己是乘虚而入,可耻又卑鄙。但越接近燕霜飞,他就越发被燕霜飞吸引,一种叫贪婪的情绪在不断扩大。

她就像一束光,照亮了蜷缩在黑暗中的他。

可不曾想,第二日,燕霜飞与玄靖又和好如初了,甚至比之前更加如胶似漆。

　　他旁敲侧击才知道，玄靖当着所有人的面向燕霜飞求婚了。玄靖即便性子有所转变，但爱她的心不变。

　　他如遭雷击。

　　婚礼如期举行，虽然简单却极尽温馨。

　　望着依偎在一起的一对璧人……怨，大概就是从这个时候开始蔓延的吧。

　　他很清晰地记得那个日子。

　　继位大典前一天夜里，他哄骗燕霜飞进了自己的房间，他欺辱了她，还故意让玄靖亲眼看到了这一幕。

　　玄靖果然精神崩溃了。

　　玄靖恐怕永远都不会想到，临渊很久之前就开始在自己每日食用的膳食中下使人精神昏迷的药物吧，他早就设计好了这一切。

　　他对玄靖狠下杀手，虽然玄靖的尸体不知所终，但在药物的作用下，即便能活下来也没有多少时日了。

　　直到彻底将玄靖这个眼中钉除去，百里临渊才发现，燕霜飞早已怀上了玄靖的孩子。

　　他一点一点地将玄靖的亲信连根拔除，将知晓他们三人关系的人处决，他站在了权力之巅。

一切都安排妥当了，可当他威逼利诱用尽手段，燕霜飞还是对他不搭不理。

她被囚禁在他身边，他眼睁睁看着她一点点枯萎。

她说，她恨他。

她说，她很想念玄靖。

她说，她很冷。

再然后，她离开了他。

转眼间，又过去了二十多年。

"死而复生"的百里缺将绥国拱手给了皇朝，他被软禁起来，日日不得离开王宫。

宫中宫人早已被遣散，再也没有人照顾他的饮食起居。

百里临渊郁结于心，终日不食不语独自躺在空荡荡的宫殿里。回忆纷至沓来，他这才发觉，真的很冷。

原来孤独终老是这种滋味。

远处传来争执的声音，没多久门便被推开。脚步声匆匆靠近，冲进来的那人伏在他身旁，探了探他的呼吸，冰冷的泪珠倏地落在了他脸颊上。

百里临渊气若游丝，他眼睛也不睁，轻声喊出那个熟悉又陌生的名字："可是……阿霜？"

那人僵了僵，蓦地发出一声苦笑："君上，我是阿语。"

百里临渊兀自喃喃："你可……你可怨我？"

那人沉默了很久，咬紧下嘴唇："我怨。"

百里临渊叹："我知道。"

那人紧紧地攥着他的手："你不知道，你一点也不知道……"

百里临渊恍若未闻，低声道："对了……一直忘了同你说，初次见你我就想说……"

他身体剧震，猛地咳出一大口血。

那人按住他的肩膀，焦急道："别说了，我不怨了还不行吗？你别死，百里临渊……你别死，至少，别在我面前死。"

百里临渊唇边挂着很淡的笑，仿佛陷入初次相遇的回忆之中。

"你……笑起来真美。"

……

那人踉跄着后退几步，再也无法忍受这巨大的悲痛，转身跑了出去。

百里临渊微微掀起眼帘，凝望着那个背影，轻喃出她的名字："阿语……"

记忆中的那个人

天刚蒙蒙亮,郁都便起床了。

他给自己泡了一杯茶,提着保温杯慢悠悠下了楼。

在三十出头的年纪里,提前过上了中老年生活。

巡回展结束后,他主动请缨来到这座城市担任博物馆馆长,这里展出的都是些现代工艺品,和那个遥远的时代毫无关系。他完成了为期7日的巡回展览后,那批文物被收回,担子卸去,他觉得很是舒服自在。

他摩挲着掌心的玉佩慢吞吞地往博物馆的方向走。

一路上有不少人主动冲他打招呼。

远处三三两两的人群笑着闹着,年岁已高的两位老人坐在附近公园的长椅上，不知爷爷说了些什么，逗得奶奶连连大笑。

眼前画面不自觉地同某些记忆重叠在一起。

这种状态已经持续很久了，在支离破碎的记忆片段里，他是另一个人。他能看到另外那个人经历的场景，虽然记忆里模模糊糊的，不能看清每个人的脸，却能感受到另外那个人的喜怒哀乐。

他本是不信这些玄之又玄的东西的，可事到如今，又不得不承认，另一个人就是他。

记忆中的那个人，或许该直接称为百里缺。

郁都可以从旁观者的角度很清醒地看待百里缺，众人眼中完美无缺的百里缺，在他的眼里，不过是个普通人罢了。虽然不能否认百里缺做出的贡献，但毫无疑问，百里缺是有私心的。

郁都没有向舒相宜明说的是，百里缺曾对舒相宜动过心。那时的百里缺并不知晓舒相宜来自2000年后，在未来很长的一段时间里，百里缺一直在思念着她。

宋时歇死后，舒相宜离开了，最后百里临渊也离世了，身边熟悉的人一个个远去。

荣华富贵不在，绥国王宫只是一个空壳，他不再是高高在上的公子缺。绥国百姓们在他的带领下隐姓埋名生活了下来，该做的他已经做完了，再没有牵挂。

百里缺开始在皇朝境内游历，几年后，他认识了一个女子，她出身并不高贵，相貌看起来平平无奇，各方各面都很普通，初次看清他的脸时，她脸通红一片，结结巴巴说不出话来。

可他却莫名地很喜欢她，她温柔淳朴、善良单纯，眼睛里是未经俗世污染的纯粹。

历经了太多波折后，他愿意为了这样的她安定下来，换上粗布麻衣，洗手作羹汤，心甘情愿宠着她。

70岁那年，他早已老眼昏花。

他心爱的姑娘也白发苍苍，皱纹爬满了脸颊。

他们没有孩子，过着粗茶淡饭的平淡生活。

两人并肩躺在院子里的藤椅上晒太阳，他心爱的姑娘说："老头子，你听说了吗，隔壁老李家的小女儿结了一门好亲事，听说男方家有亲戚在朝廷做官呢！"

百里缺淡笑："我当年地位可比朝廷小官高多了，我当年可是王子。"

他心爱的姑娘明显不信："你就骗我吧！若你真是王子，我们怎么会这么穷，靠种植瓜果养活自己？"

百里缺笑着摇摇头："因为我的国家亡了呀。"

听他语气笃定，她好奇地问："你真是王子呀？那你怎么会看上我？

若你真是王子,不是该有一大堆女子任你挑选的吗?"

百里缺牵住她的手,半合上眼:"嗯,大概是眼神不好吧。"

心爱的姑娘瞪了他一眼。

百里缺反问:"你不喜欢吗?"

明明已经一同生活了数十年,眼前俊朗的公子早已容颜苍老,可她的心跳还是忍不住漏了半拍。

她迷茫:"不喜欢什么?"

"不喜欢我们现在的生活……"百里缺嗓音压低,"苦了你了。"

心爱的姑娘笑起来,瞅到他衣袖上沾了泥土,她耐心将其拍掉:"这有什么苦的,若你真是什么王子,苦的是你才对。"

百里缺更紧地握住她的手:"有你在就不苦了。"

……

郁都腿脚不太方便,偶尔会被粗心大意的人撞到。

他凝望着长椅上那对老人犹自出神,没注意身侧冲出一个小孩,眼看就要撞上他,身后突然传来一个清脆的女声:"小心!"

话音刚落,郁都便被说话那人拉到了一侧。

郁都微讶地抬眼。

说话那姑娘瞧清郁都的模样,忍不住脸一红,结结巴巴道:"你……你走路小心点。"

话还没说完,她便低下了头,兀自嘟囔道:"下次可能就没人会帮你了。"

郁都饶有兴致地看着那姑娘:"那可不一定。"不知道想到什么,他笑容加深,"好久不见。"

本书由鹿拾尔委托长沙大鱼文化传媒有限公司正式授权贵州人民出版社,在中国大陆地区独家出版中文简体版本。未经书面同意,本书的任何部分不得以图表、电子、影印、缩拍、录音和其他任何手段进行复制和转载,违者必究。

图书在版编目（CIP）数据

初恋来自千年前 / 鹿拾尔著. -- 贵阳：贵州人民出版社，2020.3
ISBN 978-7-221-15870-3

Ⅰ.①初… Ⅱ.①鹿… Ⅲ.①长篇小说-中国-当代 Ⅳ.①I247.5

中国版本图书馆CIP数据核字(2020)第008736号

初恋来自千年前

鹿拾尔 / 著

出版统筹：陈继光
选题策划：大鱼文化
责任编辑：胡　洋
特约编辑：杨吉晨
装帧设计：Insect　孙欣瑞
封面绘制：阿　栗
出版发行：贵州人民出版社（贵阳市观山湖区会展东路SOHO办公区A座505081）
印　　刷：长沙鸿发印务实业有限公司
开　　本：880×1230毫米 1/32
字　　数：184千字
印　　张：9.125
版　　次：2020年03月第1版
印　　次：2020年03月第1次印刷
书　　号：ISBN 978-7-221-15870-3
定　　价：36.80元

贵州人民出版社微信

版权所有　盗版必究。举报电话：策划部0851-86828640
本书如有印装问题，请与印刷厂联系调换。联系电话：0731-82755298